Britta Wolters
Star.X Sun and Moon
K-Pop Kurzgeschichten

FSC
www.fsc.org
MIX
Papier aus ver-
antwortungsvollen
Quellen
Paper from
responsible sources
FSC® C105338

Britta Wolters

Star.X - Sun and Moon

K-Pop Kurzgeschichten

Impressum

Bibliografische Information der Deutschen Nationalbibliothek: Die Deutsche
Nationalbibliothek verzeichnet diese Publikation in der Deutschen
Nationalbibliografie; detaillierte bibliografische Daten sind im Internet über
http://dnb.dnb.de abrufbar.

Die automatisierte Analyse des Werkes, um daraus Informationen insbesondere
über Muster, Trends und Korrelationen gemäß §44b UrhG („Text und Data
Mining") zu gewinnen, ist untersagt.

© 2025 Britta Wolters

Verlag: BoD · Books on Demand GmbH, Überseering 33, 22297 Hamburg,
bod@bod.de

Druck: Libri Plureos GmbH, Friedensallee 273, 22763 Hamburg

ISBN: 978-3-8192-9527-0

Inhaltsverzeichnis

Vorwort

Sonne und Mond

In der deutschen und koreanischen Kultur stehen Sonne und Mond oft in einem symbolischen Gegensatz. Licht und Dunkelheit, Aktivität und Ruhe, West und Ost, männliche und weibliche Energie.

Die Sonne steht in der deutschen Tradition für Kraft, Leben und Beständigkeit, während der Mond für Wandel, Gefühl und Mystik steht. Dieses spiegelt sich in Märchen und in Liedern wider, in denen Sonne und Mond unterschiedliche, aber sich ergänzende Rollen spielen.

In der koreanischen Kultur werden Sonne und Mond mit dem taoistischen Prinzip von Yin und Yang verbunden. Die Sonne "Taeyang" repräsentiert Yang - Helligkeit, Wärme und Aktivität, während der Mond "Dal" Yin symbolisiert - Kühle, Stille und Intuition. In der koreanischen Mythologie sind Sonne und Mond auch zentrale Figuren, etwa in der Legende von Dalsun und Haesun, zwei Geschwister, die in Himmelskörper verwandelt wurden.

Sowohl in der deutschen als auch in der koreanischen Philosophie zeigt sich, dass Sonne und Mond keine Gegensätze sind, sondern sich harmonisch ergänzen und gemeinsam Balance im Kosmos schaffen.

Die Sonne und der Mond. Zwei unsterbliche Seelen, die sich im ewigen Tanz des Himmels begegnen. In ihren Blicken, die am Horizont verschmelzen, liegt die stille Sehnsucht, die Zeit und Raum überdauert.

Ihre Liebe ist die unsichtbare Brücke zwischen Tag und Nacht, zwischen Ost und West, zwischen Mann und Frau

.

Die Sonne strahlt in gold'ner Pracht
Der Mond in sanfter Nacht erwacht
Sie lieben sich, doch bleiben fern,
Umkreisen sich wie Licht und Stern

Ein flücht'ger Kuss zur Dämmerung
Ein leises Flüstern, kaum genug.
Und doch – ihr Licht, es hält sie nah,
Zwei Herzen ewig – Jahr für Jahr

Sie lieben sich, doch nie vereint,
weil Zeit sie an die Ferne kettet.
Nur wenn der Tag die Nacht umarmt,
ihr stilles Herz im Himmel rettet.

Und jede Nacht, wenn niemand wacht,
träumt Mond von ihr - und Sonne lacht.

Park Jae-Woon
CEO Woon-Entertainment

JAE

Als ich sie zum ersten Mal sah, war es, als würde ich einem leibhaftigen Engel begegnen.

Bislang war ich kein gläubiger Mensch und würde es in der Zukunft vermutlich auch nicht werden, aber wenn es himmlische Wesen geben sollte, dann mussten sie genauso aussehen wie diese Frau (*Angel Love*).

Die Sonne hatte einen Weg gefunden, ihre hellen Haare wie einen Glorienschein leuchten zu lassen. In meiner Heimat waren blonde Haare zumeist das Werk geschickter Coiffeure, aber ihres hatte eine so natürliche, leuchtend strahlende Farbe. Sie hatte sie zu einem unordentlichen Dutt auf ihrem Kopf zusammengebunden und ein paar vorwitzige Strähnen kringelten sich über ihren Rücken und an den Schläfen. Ich konnte ihr Profil sehen und wie ich es vermutet hatte, besaß sie passend zu ihrem hellen Haar leuchtend blaue Augen und eine klare, helle Haut, um die sie einige meiner koreanischen Landsleute beneiden würden.

Neben ihr stand ein riesiger Koffer. Über ihre Schultern hing eine Handtasche, die sie beinahe panisch umklammerte, als hätte sie ihr gesamtes Leben dort hineingelegt. Vielleicht hatte sie es auch, denn ihr Gesicht wirkte angestrengt und irgendwie traurig und der Griff um ihre Tasche sah aus wie das Festklammern an einem Rettungsanker.

Hoch über ihrem Kopf war eine riesige blinkende blaue Anzeigetafel angebracht. Die Abflugzeiten, Gates und Flugnummern konnte man hier ablesen und die große Anzahl der abgehenden Flüge zeugte von der Wichtigkeit des Flughafens. Verteilt um das Mädchen herum standen weitere Menschen, die ebenfalls die Tafel studierten. Trotz der sie umgebenden Menschenmenge nahm ich lediglich den blonden Engel wahr. Für mich stach sie aus dem Umfeld heraus und ich fragte mich, ob nur ich allein diese Ansicht hatte oder andere Menschen sie mit mir teilten. Mein Herz und mein Kopf hatten alle anderen Reisenden in der Abflughalle ausgeblendet. Einzig der blonde Engel war in meinem Bewusstsein.

Jetzt hob sie ihren Kopf und strich sich mit langen schlanken Fingern eine der losen blonden Strähnen aus dem hübschen Gesicht. Fasziniert folgte ich jeder ihrer Bewegungen. Spiegelte sich das Blau der Anzeigetafel in ihren Augen, oder waren sie wirklich in dieser himmlischen Farbe? Ein weiteres Zeichen, dass sie versehentlich hier auf der Erde gelandet war?

Als würde es ihr das Suchen auf der elektronischen Anzeige vereinfachen, hob sie einen Finger in die Luft, als wollte sie damit die einzelnen Zeilen der Tafel unterstreichen. Ihr Gesicht war angespannt und ich konnte bei ihrem Anblick einfach nicht meinen Blick von ihr abwenden. Ich hatte vergessen, dass neben fünf jungen Männern etwa zwanzig weitere Mitarbeiter von Woon-Entertainment auf mich, ihren Chef, warteten und dass in Kürze mein Flugzeug in meine Heimat Südkorea starten würde. Ich hatte lediglich Augen für den Engel. Für sie könnte ich an den Himmel glauben, durchfuhr es mich.

Vermutlich wirkte sie auf andere nicht wie ein himmlisches Wesen, denn ihre stattliche Größe war in den Augen vieler Menschen wahrscheinlich nicht unbedingt ätherisch oder engelsgleich. Ich habe in europäischen Museen Bilder von Engeldarstellungen gesehen. Oftmals wurden sie als kleine, dicke Kinder mit knubbeligen Armen und Beinen gezeigt. Natürlich kannte ich auch Bilder von den zarten Wesen, die in weißen, luftigen Gewändern durch die Luft schwebten und die ein anderes Bild der geflügelten Himmelswesen verkörperten. All dem entsprach die schöne Frau unter der Anzeigetafel nicht. Sie war von großer Statur, mit langen Beinen und wirkte trotz ihrer locker sitzenden Kleidung sehr kurvig. Kein zerbrechliches Wesen oder ein dickliches Kleinkind waren in ihr zu finden. Allerdings waren in meiner eigenen Vorstellung die himmlischen Wesen von jeher eher Krieger und Kriegerinnen, denn elfenhafte Gestalten. Wer wollte sich schon von einem zerbrechlichen Wesen in einer Notsituation, in der man himmlischen Beistand benötigte, retten lassen? Mir war eine Amazone, die für mich oder mit mir kämpfte, wesentlich lieber als jemand, der mir nur mit einem Rat weiterhelfen würde.

"Boss, wir müssen zu Gate 2."

Die Stimme des Managers Kim Hyun brachte mich zurück ins Jetzt und ich seufzte leise und wohl auch unwillig über diese Störung auf. Einen letzten Blick auf die schöne Blondine werfend, wandte ich mich zögernd ab und folgte ihm zur Abflughalle. In Kürze würde ich im Flugzeug nach Incheon sitzen und die Schönheit wäre dann vermutlich tausende von Kilometer von mir entfernt. Bedauernd warf ich noch einmal einen Blick zur Abflugtafel und auf den Platz davor. Er war leer. Mein Engel hatte sich vielleicht wieder unsichtbar gemacht, denn ich konnte ihn in der Menge nicht mehr leuchten sehen.

Das Check-in verlief wie gewohnt. Ich hatte Hyun und die anderen Manager angewiesen dafür zu sorgen, dass meine Jungs nicht gemeinsam mit anderen Passagieren in der Schlange stehen mussten. Leider gab es an den meisten Flughäfen wie auch hier keinen Celebrity-Check-In. Eine Verbesserung, die ich unbedingt begrüßen würde. Obwohl das Management in Korea der Meinung war, dass K-Pop in Deutschland noch nicht so beliebt und im Fokus stand wie in den USA oder anderen asiatischen Ländern, waren wir von den tausenden Fans hier in Deutschland doch sehr überrascht worden.

Star.X, das waren meine Jungs Yeon, Sunny, Taemin, Ji-Mong und In-Ho. Sie waren als Stars eines K-Pop- und Korea-Festivals in dieser Stadt gewesen und heute traten wir gemeinsam mit dem Team unsere Heimreise an. Von dem Land und der Stadt hatten wir kaum etwas gesehen, denn wir waren lediglich für einen einzigen, sehr kurzen Konzertauftritt angereist. Ein großer Aufwand dafür, dass meine Jungs nur fünf ihrer Songs performen sollten. Doch gerade ihre Anwesenheit bei dem Festival war der absolute Abräumer in der riesigen Arena gewesen. Sie waren die Headliner und nach Bekanntgabe des Veranstalters, dass Star.X zusammen mit anderen K-Pop Gruppen live performen würden, waren die Eintrittstickets innerhalb weniger Minuten restlos ausverkauft gewesen.

Bislang hatten mein Team und ich stets gezögert, ob wir unsere Jungs in Deutschland performen lassen sollten. Viel zu groß war unsere Sorge, dass es zu wenig europäische Fans gab, die ein Konzert von einer koreanischen Gruppe besuchen wollten. Doch nach diesem furiosen Erfolg in der großen Arena und dem Enthusiasmus der abertausend StarLover waren wir uns einig, dass K-Pop auch in Europa eine ernstzunehmende Größe geworden war.

Heute war unsere Rückreise in unsere Heimat. Ich sah hinüber zu meinen fünf Stars, die trotz der Nutzung der Fast Lane für den Priority Check-In gezwungen waren, die Sicherheitskontrolle genau wie jeder andere Reisende über sich ergehen zu lassen.

Erstaunlicherweise waren auch hier auf dem Flughafen, wie wir es von anderen überwiegend asiatischen Destinationen her kannten, mindestens hundert Fans, die Star.X verabschieden wollten. Sunny, der souveräne Leader, winkte geduldig und ließ Fotos von sich zusammen mit den Fans machen, während mein introvertierter Ji-Mong an allen vorbeihuschte. Er hatte seine Kopfhörer auf den Ohren und hob nur hin und wieder kurz die Hand zum Gruß. Taemin, der gut an seinen rosa gefärbten Haaren zu erkennen war, badete förmlich in der Menge. Er strahlte zusammen mit

Sunny um die Wette und schien sich über die Aufmerksamkeit der europäischen Fans wirklich zu freuen.

Dann fiel mein Blick auf Yeon, meinen Ältesten und In-Ho, meinen Maknae. Yeon schien dem Jüngsten allein durch seine Anwesenheit etwas mehr Selbstvertrauen zu geben. In-Ho war 21 Jahre alt und trotz einer umwerfenden Präsenz auf der Bühne immer noch ein kleiner Welpe, der den Schutz seiner großen Rudelmitglieder benötigte. Zumeist übernahm Taemin diese Rolle, doch scheinbar hatten sich die Jungs heute ein wenig für die Aufgaben aufgeteilt und Yeon überließ seinen extrovertierten Freunden den Fanservice.

Lächelnd betrachtete ich meine Rasselbande und dachte mir wie so oft, dass ich es mit ihnen nicht hätte besser treffen können. Alle fünf waren ein umwerfendes Team, in dem jeder für jeden durchs Feuer gehen würde. Obwohl alle meine Jungs so unterschiedliche Persönlichkeiten hatten, war es so, wie es in einer Familie sein sollte. Sie liebten sich bedingungslos und stritten ebenso unerbittlich. Aber am Ende des Tages vertrugen sie sich alle wieder und wehe, jemand sagte etwas Böses zu oder über einen der Brüder. Dann hatte man die geballte Kraft der Star.X Member vor sich, was ich zu meinem Leidwesen bereits das eine oder andere Mal erleben durfte. In-Ho, ihr Küken, wurde von allen Member und ausnahmslos von jedem Mitglied ihrer persönlichen Betreuer gehegt und gepflegt. Ich musste zugeben, dass sie ihn sehr erfolgreich großgezogen hatten und aus einem kleinen Jungen einen zuversichtlichen, wenn auch immer noch schüchternen Teenager gemacht hatten.

Als ich die Jungs vor nunmehr acht Jahren zu einer Gruppe zusammenstellen wollte, war Yeon damals als "Ältester", zu uns gekommen. Er war beim Debüt gerade erst 21 Jahre, während In-Ho noch nicht einmal in die Pubertät war. Als ich ihn und seine Familie zum ersten Mal traf, war ich geschockt. Bei meiner Recherche musste mir entgangen sein, dass In-Ho noch so jung war. Nach unserem Kennenlernen wollte ich mich dagegen aussprechen, ein so junges Kind in einer K-Pop-Gruppe aufzunehmen. Allerdings stellte es sich heraus, dass In-Ho einen unbeugsamen Willen, etwas gierige Eltern und enorm viel Ehrgeiz besaß. Trotz seines jungen Alters fügte er sich in der Gruppe so gut ein, wie ich es niemals erwartet hätte. Natürlich nahmen wir in allen Bereichen Rücksicht auf das junge Alter unseres Maknae und wenn er nicht solch ein talentierter Junge gewesen wäre, hätte er es auch niemals geschafft, in der Gruppe zu bleiben. Während seine älteren Freunde trainierten, drückte er die Schulbank. Erst vor kurzem hatte er erfolgreich seinen Abschluss auf der Highschool gemacht. Seine "Brüder" und ich, als sein Ersatz-Vater waren sehr stolz auf unseren Kleinen und er fühlte sich nun selbst endlich als ein vollwertiges Mitglied von Star.X. Interessanterweise war es auch ihm zu verdanken, dass wir in diesem Moment den Rückflug von Europa nach Korea antraten, denn es war seine Bitte gewesen, einmal in einer Show in Deutschland aufzutreten. Diesen Wunsch hatten ihn alle vier Member und Brüder nur zu gerne erfüllt und mich erfolgreich zu dieser Reise überredet.

"Boss, die Sicherheitsleute warten auf Sie", erinnerte mich Hyun, dass ich ebenfalls noch nicht geprüft worden war, und so eilte ich schnellen Schrittes zur Kontrolle.

***

Taemin trank eine Tasse heißen Kaffee, den er nach der kurzen Zeit in Deutschland lieben gelernt hatte, und lehnte sich dabei entspannt in seinem Sessel zurück. Er unterhielt sich leise mit Sunny und Ji-Mong. Mein Blick glitt weiter und ich sah hinüber zu Yeon, der auf seinem Telefon herumklickte und offensichtlich die Kommentare und Videos ihres Auftritts suchte. Er strahlte und klopfte bei jeder Neuigkeit, die seiner Meinung die Aufmerksamkeit seiner Bandkollegen benötigte, seinen Nachbarn Ji-Mong auf den Oberschenkel. Dieser ließ es mit einem stoischen Gesichtsausdruck über sich ergehen und nickte lediglich. In-Ho, der seine Augen zu einem Nickerchen geschlossen hatte, blickte ab und zu hoch und ich konnte erkennen, dass er wirklich erschöpft war. Er hatte sich eine leichte Erkältung zugezogen und ich war froh, dass wir in Kürze wieder zuhause sein würden, damit er sich kurieren konnte.

Ich selbst saß auf einem halbwegs bequemen Sessel und trank ebenfalls einen Kaffee. Vor mir stand mein Laptop und ich war damit beschäftigt, unsere Strategieplanung für das nächste Comeback-Album von Star.X zu prüfen und zu verfeinern. Die Jungs hatten die neuen Songs für ihr Album bereits eingesungen und wir waren noch immer mit der Wahl des Tracks beschäftigt, welchen wir für das Album Release als Single veröffentlichen sollten. Ji-Mong hatte die meisten Songs auf dem Album komponiert und die Texte kamen beinahe alle von den Bandmitgliedern selbst. Von Anfang an hatte ich das Konzept verfolgt, meine Jungs authentische, eigene Musik produzieren zu lassen und das war vermutlich ein großer Anteil an unserem Erfolg. Mittlerweile gab es für das neue Album so viele gute Songs, dass wir uns für keines als Single entscheiden konnten.

Die First-Class Wartelounge hatte ein großes Fenster, durch das man die anderen Fluggäste, die ebenfalls auf den Abflug warteten, sehen konnte. Ich hatte gerade meine Kaffeetasse zurück auf das kleine Tischchen vor mir gestellt und meinen Blick durch das Fenster schweifen lassen, als plötzlich meine Augen an einer ganz bestimmten Person hängen blieben. Sie stand keine fünf Meter von mir und nur getrennt durch eine dünne Glasscheibe entfernt auf der anderen Seite des Fensters und telefonierte. Ich betrachtete den vertrauten unordentlichen Dutt und ich konnte mein Glück nicht fassen. Es war die hübsche Blondine – mein Engel. Unverhofft sah ich sie hier wieder. Da sie auf dem gleichen Gate wartete wie wir, würde sie vermutlich zusammen mit uns fliegen und mein Herz begann bei diesem Gedanken plötzlich schneller zu schlagen. Rückblickend würde ich später sagen, dass die zweite Begegnung unser Schicksal besiegelt hatte,

"Ich bin gleich wieder zurück." Hastig sprang ich auf und murmelte meine Worte in die Runde, ohne dass sie von den anderen groß zur Kenntnis genommen wurden.

Wenn man einen bestimmten Menschen gleich zweimal zufällig sah, dann war es kein Zufall mehr, oder? Gerade, als ich die Tür zur Abflughalle öffnen wollte, bemerkte ich, dass sie weinte. Sie hatte sich jetzt wie zum Schutz vor Blicken die Kapuze ihres Hoodies über den Kopf gezogen. Dennoch konnte ich sehen, wie Tränen auf ihr Sweatshirt tropften. Ganz offensichtlich war das Gespräch schuld daran. Etwas zog sich in mir zusammen. Ihre Traurigkeit ging mir unerwartet sehr nahe, und das, obwohl ich noch kein einziges Wort mit ihr gewechselt hatte. Ich kannte diese Frau noch nicht einmal, und ich war ihr nur einmal zufällig begegnet. Halt, nein, ich war ihr noch nicht einmal begegnet. Ich hatte sie lediglich von weitem gesehen. Dennoch verspürte ich den großen Drang, sie unbedingt in diesem Moment trösten und ihre Tränen trocknen zu wollen.

Schnell überlegte ich, wie ich sie ansprechen sollte. Ob sie Englisch verstand? Koreanisch schloss ich aus, obwohl heutzutage viele meine Sprache lernten. Doch irgendwie schien sie mir nicht der Typ zu sein. Würde sie sich mit mir, einem Asiaten, unterhalten oder war ich aufdringlich, wenn ich sie einfach ansprach? Schnell prüfte ich meine Kleidung. Ich trug eine modische Jeans, einen Pullover und einen langen Wollmantel. Sunny hatte gelacht, als er unsere Flughafen Outfits von den Stylisten gesehen hatte.

"Wie ein K-Drama-Cliché", meinte er spöttisch.

Er hatte recht, aber dennoch fühlte ich mich in klassischer Kleidung wohl. Die schöne Blondine war jedoch ganz anders angezogen. Sie hatte eine bequeme, weite Jeans, ein etwas ausgeleiertes übergroßes Sweatshirt und Turnschuhe an. Ein gemütliches Outfit für einen 12 Stunden Flug. Wäre ich in ihren Augen overdressed? Was würde sie denken, wenn ich sie ansprach? Selten hatte ich mir so viele Gedanken darüber gemacht, was mein Gegenüber von mir halten mochte. Doch dann raffte ich meinen Mut zusammen. Ich, der Mann, der CEO einer Entertainmentfirma war, die zu den mächtigsten der Welt gehörte. Der Chef von 10.000 Mitarbeitern war unsicher, wie er eine junge Frau ansprechen sollte. Wenn einer meiner Mitbewerber oder Angestellten das wüsste, würden sie sich schlapp lachen. Ich wollte es versuchen. Ohne weitere Verzögerung machte ich mich auf den Weg zu ihr. Auf keinen Fall wollte ich meine Chance verpassen, einen Engel zu treffen.

In dem Moment, in dem ich bei ihr ankam, drehte sie sich plötzlich um und machte einen Schritt auf mich zu. Trotz meiner schnellen Reaktion, ihr auszuweichen, verlief mein erstes Aufeinandertreffen mit ihr komplett anders, als ich erwartet hatte. Unbeholfen prallte sie in mich hinein. Schnell fasste ich nach ihrem Oberarm und hielt sie von einem Sturz ab, doch das Telefon, das sie immer noch in ihrer Hand gehalten hatte, fiel mit einem lauten Poltern auf den Boden. Mit einem Blick erkannte ich, dass das Display unwiderruflich gesprungen war und ich sah schuldbewusst und peinlich berührt in ihre schönen blauen Augen, die jetzt vor Entsetzen weit aufgerissen waren. In diesem absolut katastrophalen Moment wusste ich trotzdem, dass ich mich unsterblich in diese Frau verliebt hatte.

***

Für meine Jungs buchte ich stets Plätze in der Business-Class und so konnte ich nicht sehen, welchen Platz die Blondine hatte. Nach unserem "Zusammentreffen" hatte ich ihr wie ein unsicherer Jüngling meine Visitenkarte zugesteckt. Warum hatte ich sie nicht zum Café eingeladen? Als ich nach ihrem Arm gefasst hatte, waren wir uns kurz, viel zu kurz, ganz nahe gekommen. Könnte man sein Herz wirklich verlieren, ohne jemals miteinander gesprochen zu haben? Wie ein Schuljunge war ich beinahe panisch vor ihr und meinen verwirrenden Gefühlen geflohen. Wie dumm war das nur? Jetzt saß ich hier und fragte mich, ob ich noch eine weitere Chance bekommen würde, um sie wiederzusehen und verfluchte mich dabei selbst für meine ungewohnte Schüchternheit. Hatte ich den richtigen Moment verpasst?

Doch erneut war es beinahe so, als ob mir das Schicksal gute Karten geben wollte. Zufällig bekam ich mit, dass eine Passagierin mit ihrem Sitznachbarn im Flugzeug Probleme hatte. Die Stewardessen unterhielten sich leise über die Möglichkeiten und fanden für den weiblichen Fluggast endlich einen leeren Sitz weiter vorne im Flugzeug. Es war mein blonder Engel, der von dem Sitznachbarn belästigt wurde. In diesem Moment sah ich meine Gelegenheit gekommen und handelte schnell. Ich überzeugte die Flugbegleitung den leeren Sitz neben meinen Jungs an die junge Frau zu geben, was nach einer kurzen Rücksprache auch tatsächlich angenommen wurde. Im Zweifelsfall hätte ich die Mehrkosten für das Upgrade übernommen. So kam es, dass für den Rest des Fluges der blonde Engel nun neben mir – allerdings getrennt durch den Gang und jetzt neben Taemin saß.

Zu meinem großen Missfallen hatte Taemin nach einem kurzen Kennenlernen ebenfalls Sympathie an der Blondine gefunden. Eifersüchtig beobachtete ich die beiden unauffällig von meinem Sitz aus und knirschte leise mit den Zähnen. Trotz einiger wilder Überlegungen fand ich keine erwachsene Möglichkeit die beiden zu trennen, ohne mich vollends lächerlich zu machen. So blieb mir nichts anderes übrig, als mich bemüht gleichgültig zu verhalten und ihre Gespräche aufmerksam und dennoch möglichst unauffällig zu belauschen. Während des gesamten Fluges grummelte ich insgeheim in mich hinein, dass ich offenbar keine Gelegenheit bekommen würde, mich dieser Frau anzunähern - im Gegensatz zu Taemin, der ganz offensichtlich die schöne Begleitung sehr genoss. Als wir endlich den Flughafen Incheon ansteuerten, war ich mehr als erleichtert, dass meine Folter ein Ende bekam.

Unser drittes Aufeinandertreffen war der Moment, in dem sich das Schicksal eingemischt hatte. Lisanne, wie mein blonder Engel hieß, saß neben mir in meinem Auto und ich wollte dieses Mal die Gelegenheit auf gar keinen Fall verstreichen lassen, um sie für mich zu gewinnen.

Dummerweise hatte ich nach dem Verlassen des Flugzeuges kaum Zeit mir weitere Gedanken um das Mädchen zu machen. Gerade hatten wir heimischen Boden erreicht, als auch schon wieder mein Telefon permanent klingelte und so war ich neben den Einreiseformalitäten auch damit beschäftigt, Pressestatements zu formulieren und Interviewanfragen zu genehmigen oder abzulehnen. Die Flugzeit war meine Erholungszeit gewesen, ein kurzer Moment des Durchatmens für mich. Eine Agentur mit 10.000 Mitarbeitern führte man nicht im Schlaf und wenn ich weiterhin an der Spitze der Industrie mitspielen wollte, kontrollierte ich einige Dinge besser selbst.

Die Jungs wurden nach unserer Ankunft direkt von unserem Firmenwagen abgeholt. Es war so für sie organisiert worden, dass er zusammen mit vielen Sicherheitsleuten an einem der Ausgänge auf sie wartete. Star.X. wurde bereits von mindestens hundert Fans in der Ankunftshalle erwartet und gemeinsam und mit Unterstützung der Sicherheitsleute bahnten sie sich ihren Weg durch die Menschenmenge. In der Vergangenheit gab es ein paar unschöne Erlebnisse mit sogenannten Fans, und aus diesem Grund hatte ich bei ihren Terminen das Angebot an Security erheblich erweitert.

Ich selbst hatte meinen Wagen in einer der Hochgaragen am Flughafen geparkt und ging vom Ankunftsgebäude aus direkt dorthin. Selten fuhr ich mit den Jungs gemeinsam zurück, denn meistens hatten wir nach unseren Auslandsreisen noch getrennte Termine wahrzunehmen. So war es auch heute. Leider war es nicht anders planbar gewesen und die fünf Member hatten direkt nach ihrer Ankunft in Seoul einen Interviewtermin bei einer großen Radiostation. Ich würde wieder zurück in mein Büro fahren und dort vermutlich bis spät in die Nacht arbeiten. Meine riesige Villa sah ich leider nur sehr selten, denn ich bevorzuge es oftmals, in meinem kleinen, extra für mich eingerichteten Apartment in meinem Bürogebäude zu übernachten. So sollte es auch heute sein.

Gewohnheitsmäßig blickte ich beim Verlassen des Flughafengeländes noch einmal zur Ankunftshalle und traute meinen Augen nicht. Unerwartet wurde ich Augenzeuge von einem Taschendiebstahl, der ausgerechnet in diesem Moment an meinem Engel begangen wurde. Lisanne, die in Deutschland auf dem Flughafen noch ihr Gepäck mit ihrem Leben beschützt hatte, war hier in Incheon kurzzeitig unaufmerksam gewesen und wurde hilflos Opfer des Diebstahls. Ehrlicherweise muss ich sagen, dass ich mich in diesem Moment freute. Obwohl ein Taschendiebstahl mit Sicherheit in meinem Land eher eine Seltenheit war, so war das Schicksal in diesem Moment doch auf meiner Seite und hat mir geholfen.

Ohne Papiere, ohne Adresse und Kontakte und vor allem ohne Geld und Handy war dieses Mädchen vor meinen Augen gestrandet und das war meine Gelegenheit, sie als Ritter in schimmernder Rüstung aus ihrer Notlage zu befreien. Diese Gelegenheit ließ ich nicht verstreichen und nutzte meine Chance mit beiden Händen.

***

Die Zeit nach Lisannes Einzug bei meinen Jungs war vermutlich eine der schwersten Zeiten meines Lebens. Ich hatte ihr nicht uneigennützig angeboten, für Star.X und somit für mich zu arbeiten. Erleichtert hatte sie angenommen und ich freute mich über die Möglichkeit, ihr näher kommen zu können. Dummerweise gab ich allerdings damit auch Taemin die Gelegenheit, die flüchtige Bekanntschaft aus dem Flugzeug zu vertiefen. Eifersüchtig musste ich beobachten, wie Lisanne und Taemin ein inniges Verhältnis zueinander entwickelten. Ich sah ihnen dabei zu, wie sie sich ständig näher kamen und ich wurde innerlich schier vor Eifersucht aufgefressen. Doch ich spürte auch, dass Lisanne nicht völlig mit ihrem Herzen dabei war. Taemin war ein Player, zumindest dachte ich es damals von ihm.

Zu meinem großen Glück verpasste er seine Chance bei Lisanne. Seine Flirterei machte auf sie nie den Eindruck, als würde er es wirklich ernst mit ihr meinen. Er hatte ihr nie sagen können, dass er in sie verliebt war – und das war etwas, dessen sich Lisanne sicher sein musste. Nach ihrer katastrophal gescheiterten Beziehung in Deutschland brauchte sie Sicherheit, die er nicht bereit war ihr zu geben. Taemin war vermutlich in sie verliebt, allerdings nicht so sehr, dass er wirklich alles in den Aufbau einer ernsthaften Beziehung mit Lisanne steckte. Diese spürte das und vielleicht war ihr bereits nach kurzer Zeit klar, dass es über einen Flirt mit Taemin nicht hinausgehen wird. Selbstverständlich half ihr seine Aufmerksamkeit ebenfalls dabei, das durch ihren Ex-Freund verletzte Herz wieder zu heilen.

Geduldig, zumindest äußerlich, wartete ich im Hintergrund und hoffte, dass ich eines Tages und hoffentlich in Kürze meine eigene Gelegenheit bekommen werde, sie für mich zu gewinnen. Mir kam dabei vermutlich zugute, dass ich wesentlich älter und erfahrener war als mein jüngerer Konkurrent und ich mir meiner Sache sicher war. Über die Zeit, in der Lisanne bei den Jungs im Dorm, also in ihrem gemeinsamen Apartment, wohnte, habe ich ihre liebenswerte Seite immer besser kennengelernt und sie bei jeder Gelegenheit offen oder verdeckt unterstützt. Irgendwann bekam ich endlich die Chance, auf die ich sehnsüchtig gewartet hatte.

***

Unseren gemeinsamen Flug nach Los Angeles hatte ich sorgfältig geplant. Das Hotel, die Award-Verleihung an Star.X und auch die Ex-Freundin von Taemin. Im Krieg und in der Liebe waren alle Mittel erlaubt und ich hatte es mir genehmigt, ein schweres Geschütz, verpackt in knappen 45 Kilogramm, zu wählen: Anna.

Anna war gierig und sie war manipulativ. Sie hatte Taemin nicht mehr gewollt, als er zu haben war, doch als sie erfuhr, dass er sich für eine andere Frau interessierte, war ihr Jagdinstinkt geweckt.

Geschickt hatte sie ihre Chance ausgelotet und an dem Tag, an dem ihre Konkurrentin auf der Bildfläche erschienen war, hatte Anna zugeschlagen und die Beute für sich beansprucht. Früher oder später wäre diese Situation aufgetreten, denn bei einem war ich mir zwischenzeitlich sicher: weder Taemin noch Lisanne waren wirklich ineinander verliebt. Angezogen voneinander, ja. Interessiert aneinander, auf jeden Fall. Aber sowohl Taemin, als auch Lisanne hatten nicht ihre Herzen so weit geöffnet, dass sie einem Sturm, verursacht durch ein wütendes Flaggschiff namens Anna, ihrer Zuneigung standhalten konnte. Nach diesem Angriff, oder vielleicht auch schon eine ganze Zeit davor, hatte Lisanne bemerkt, dass sie mir ihr Herz letztendlich an mich verloren hatte - und ich nahm es mit Freude an (*Seduction*)

Vielen ist vermutlich das Second-Lead-Syndrom ein Begriff. In K-Dramen gibt es oft neben dem attraktiven ersten männlichen Hauptdarsteller, dem Main Lead, auch eine zweite männliche Hauptrolle, der Second Lead Actor. Dieser ist oftmals verständiger, freundlicher und sympathischer auf den ersten Blick als der eigentliche Held, doch selten gewinnt er die Heldin als Frau. Viele Zuschauer sympathisieren mit dem Second Lead, weil er von den Script Autoren meistens als tragische, sympathische Verlierer-Rolle angelegt wurde.

Ich war auch ein Second Lead, aber ich wollte unbedingt die Heldenrolle übernehmen. Anna half mir dabei ungemein und ich dankte ihr im Stillen mehrmals dafür. So kam es, dass ich tatsächlich die Hauptdarstellerin meines Dramas für mich gewann und damit die Frau meiner Träume bekam. Meinen persönlichen Engel.

Textauszug "I Still Believe" (Sun and Moon by Star.X)

I still believe
네가 잡은 시간
영원처럼 보이는 순간
I still believe (I believe)
우리의 꿈 뒤에 찾아온 이별
A broken heart 고칠 수 있다
I still believe

I am a fool (such a fool)
네가 돌아오기를 기다리고 있어
내 눈물은 나를 장님으로 만든다
I am a fool (such a fool)
내 눈물에 내 심장이 빠져
But it's to late

In my dreams
내 기억 속에서 널 찾아
하지만 내가 가는 모든 길은
나는 너를 찾을 수 없다
In my dreams (my foolish dreams)
넌 내게 스타라이트야
별들은 수백만년 전에
하지만 네가 더 가까워지길 바래
In my dreams
You'll come back

Ich glaube immer noch daran
Die Zeit, die du gefangen hast
Ein Moment, der wie eine Ewigkeit
aussieht.
Ich glaube es immer noch (I
believe)
Der Abschied, der uns nach
unseren Träumen traf
Ein gebrochenes Herz kann heilen
I glaube es immer noch
Ich bin ein Narr (solch ein Narr)
Ich warte auf dich, bis du
zurückkommst
meine Tränen machen mich blind
Ich bin solch ein Narr (solch ein
Narr)
Mein Herz ist in meinen Tränen
Aber es ist zu spät
In meinen Träumen
Ich suche dich in meinen
Erinnerungen
Aber jeder Weg, den ich gehe,
Ich kann dich nicht finden
In meinen Träumen (my dummen
Träumen)
Du bist mein Sternenlicht
Die Sterne sind Millionen Jahre alt
Aber ich hoffe, du kommst näher
In meinen Träumen kommst du
zurück

Yeon
Kim Yeon-Jun

YEON

Ich hatte es so satt. Dieses Versteckspiel war so ermüdend, demotivierend und machte mich depressiv. Immer mehr fühlte ich mich unwohl in meiner Rolle, die ich in meinem eigenen Leben spielte. Für andere war ich der großartige Kerl, der hübsche Junge, der Frauenschwarm, aber in mir drin wollte ich nur Yeon sein. Ein Junge, der etwas anders war als die anderen – nicht besser und nicht schlechter. Einfach nur anders. Der Yeon, der keine Frauen liebte. Zumindest nicht so, wie es sich die Gesellschaft gerne vorstellte. Ich war schwul und durfte es doch nicht sein.

Meine ganze Schulzeit war eine Qual. Hätten meine Mitschüler auch nur ansatzweise eine Ahnung gehabt, dass ich "vom anderen Ufer" war, dann hätten sie mich fertig gemacht. Null Toleranz und Homophobie. Das machte mich krank - wirklich krank. Körperlich und geistig. Ständig seine Gefühle, seine Wünsche und Sehnsüchte verstecken zu müssen, war etwas, was die wenigsten ohne körperlichen oder geistigen Schaden überstanden. Ich hatte niemanden, dem ich mich anvertrauen konnte. Ich kannte niemanden, dem ich genug für dieses Geheimnis vertraute. Ein Teufelskreis und eine Bürde, die ich mit mir herumschleppte, wie 1.000 Kilo Steine. Genauso schwer, leblos und genauso hart.

Wie so viele andere junge Schwule in meinem Land, würde ich es schwer haben, mir nach einem Outing eine Karriere und eine Zukunft aufbauen zu können. Mein hübsches Gesicht würde mir zwar einige Türen öffnen, aber meine sexuelle Neigung würde jede Tür vor meiner Nase zufallen lassen und mit Holzbohlen verstärken, wäre sie bekannt. Es gab Tage, da hasste ich mich selbst und da waren Tage, an denen hasste ich alle anderen noch mehr. Warum war es nur so schwer für sie zu akzeptieren, dass Menschen verschieden waren? Warum war es für viele so inakzeptabel, dass man nicht genauso war wie sie selbst? Ich konnte das nicht verstehen und ich tat mich schwer damit, es zu verstecken. Aber selbst meine konservative Familie hätte mich vermutlich aus dem Familienregister gestrichen, wenn sie von meiner Homosexualität erfahren hätten. Unfassbar, oder? Die eigenen Eltern hätten mich rausgeschmissen. Mein Vater war ein angesehener Lehrer und meine Mutter arbeitete für das Büro des Bürgermeisters. Ihr Sohn konnte und durfte nicht schwul sein. Das war undenkbar. Für mich war es keine Option, weiter Mitglied in dieser antiken Familie zu bleiben. Ständig saß ich auf gepackten Koffern und war bereit, sofort das Elternhaus zu verlassen, wenn sich mir die Möglichkeit bot und ich würde nie wieder zurückkommen. Ohne eine einzige Träne zu vergießen, wollte ich gehen.

Trotz aller Widrigkeiten hatte ich Glück. Mir war ein großes Talent geschenkt worden: Ich konnte singen, tanzen, war geschickt im Umgang mit Menschen und hatte zudem noch ein ausgesprochen hübsches Gesicht. Alles zusammen rettete mich vor einem Schicksal, mich mit einer Frau verheiraten zu müssen, die ich nicht wollte und ein Leben als braver Familienvater zu führen. Genau das hatten meine Eltern für mein Leben geplant.

Als mich der damals ebenfalls noch sehr junge Park Jae-Woon auf der Straße ansprach, dachte ich, er würde einen Scherz machen. Ich sollte ein K-Pop Idol werden? Anfangs wollte ich ihn auslachen, doch dann sah ich mein eigenes Potential und die Möglichkeit, in dieser Branche vielleicht besser leben zu können als bei einem ordinären nine-to-five Job. Also nahm ich meine gepackten Sachen, verließ, ohne zurückzublicken, mein kleines Dorf und die Enge der patriarchalischen Gesellschaft und zog in die, wie ich hoffte, tolerantere Großstadt Seoul. Hier wurde ich einer der ersten Trainees von der noch gänzlich unbekannten und kleinen Agentur Woon-Entertainment und hier sollte ein neues, offenes Leben für mich beginnen– zumindest war das der Plan.

Seoul war nicht unbedingt viel toleranter im Umgang mit Homosexualität als meine miefige Heimatstadt. Das lag vermutlich an der Geschichte meines Landes und auch daran, dass unsere kommerzielle und industrielle Entwicklung der letzten Jahrzehnte viel schneller gewachsen und gereift war als die Entwicklung unserer Traditionen und konservative Einstellung der zum Teil immer noch konfuzianisch geprägten Gesellschaft. Man konnte einem Menschen neue Kleider anziehen, aber die Verpackung änderte nicht den Inhalt und die Personen blieben gedanklich der alten Gesellschaft verpflichtet.

In Seoul versteckte ich mich wie zuvor, oder vielmehr verbarg ich meine Liebe für mein eigenes Geschlecht. Das K-Pop Genre war zwar bereits im Land etabliert, aber die Idols unterlagen in vielen Fällen strengen Restriktionen. Park Jae-Woon, mein neuer Chef und baldiger Freund, war anders. Er wollte seine Firma nicht als Diktatur aufziehen, sondern bot allen Künstlern und Angestellten Mitspracherecht. Dennoch hatte auch er sich an die Vorgaben der Industrie zu halten. Dieses betraf öffentliche Dates und noch schlimmer - Bekanntwerden von Homosexualität. Die koreanischen Fans hatten klare Vorstellungen davon, was sie von einem Idol erwarteten und wie ihre Stars ihrer Meinung nach zu leben hatten. Dazu gehörte, dass sie selbstverständlich in keiner Beziehung waren, stets als Vorbild fungierten, nicht rauchten oder übermäßig tranken, auf gar keinen Fall Drogen nahmen oder schwul oder lesbisch waren. Selbst ohne Knebelverträge lag das Interesse jeder Company darin, den Ruf ihrer Künstler auf keinen Fall Schaden erleiden zu lassen. Woon-Entertainment war hier den gleichen Regeln unterworfen wie sämtliche anderen Agenturen und wollte man seiner Firma ein guter Angestellter sein, so hielt man sich an die Rahmenbedingungen oder flog im Zweifelsfall aus dem Unternehmen.

Doch es lag auch nicht in meinem Interesse, irgendjemanden etwas von meinen Vorlieben zu erzählen. Es ging schließlich auch niemand etwas an. Auch die anderen Jungs erzählten nichts von irgendwelchen Frauengeschichten. Warum sollte ich dann Männergeschichten verbreiten?

Wider Erwarten machte mir das Leben als Trainee richtig Spaß. Obwohl es harte Arbeit war, genoss ich es auch sehr. Wir waren ein Team. Ich wurde vorbehaltlos von meinen Member akzeptiert und selbst, nachdem sie wussten, dass ich schwul war, war es für sie völlig in Ordnung. Niemand verachtete mich, niemand war voreingenommen oder hatte Vorurteile, niemand mied mich. Das Leben hätte nicht schöner sein können. Ich hatte sogar einen Freund, den ich natürlich genauso geheim hielt wie alle anderen Member ihre Freundinnen oder Frauen. Als ich Joon kennenlernte, der genau wie ich im Showbusiness als Idol tätig war, wurde plötzlich alles einfacher. Geteiltes Leid ist eben doch halbes Leid. Dazu kam, dass ich mittlerweile nicht mehr so jung war und mir ein wirklich gutes Schein-Konstrukt eines "normalen" Mannes aufgebaut hatte. Natürlich gibt es immer mal wieder Zweifler, aber man konnte mir nichts beweisen. Niemals. Ich war vorsichtig und ich hatte perfekte Schutzschilde um mich herum. Meine Brüder von Star.X und natürlich Jae, einen der wenigen Menschen, denen ich mich jemals anvertraut und es nicht bereut hatte.

Die Liebe meines Lebens begegnete mir wie so oft bei der Arbeit. Joon war noch Rookie, als ich ihn zum ersten Mal traf. Er war ein paar Jahre jünger als ich und eigentlich wollte ich nie etwas mit einem Member einer K-Pop-Gruppe anfangen. Ich erzähle kein Geheimnis, wenn ich erwähne, dass es einige Member von verschiedenen bekannten Bands gibt, die genau wie ich schwul oder lesbisch sind. Warum sollte es sie auch nicht geben? Wir waren junge Menschen aus allen Schichten, aus verschiedenen Teilen des In- und Auslands. Wir sind unterschiedlich aufgewachsen und einige von uns waren vermutlich gerade in dieser Branche gelandet, weil wir oftmals viel künstlerischer veranlagt waren. Joon war auch jemand, der vom Land in die Stadt geflohen war, um seinen Traum zu leben – als Künstler und als Schwuler. Er war genau wie ich davon abhängig, dass alle schwiegen und genau wie ich hatte er die Last, dass alle etwas anderes in ihm sehen wollten. Nämlich einen potenten jungen Frauenschwarm. Aber wir waren nun einmal nicht am anderen Geschlecht interessiert und das war in dieser Branche sehr gefährlich.

Seine Rookie-Band war an jenem Tag in unsere Garderobe gekommen, um ihren Senioren ihre Debüt-CD zu überreichen. Das war eine übliche Art, ihren Sunbaes Respekt zu zollen. Joon hatte mir mit einem schüchternen, süßen Lächeln die Compact Disc in die Hand gedrückt. Er war mir beim Eintreten sofort aufgefallen, denn er war mit Abstand der hübscheste unter den Neulingen. Genau wie viele meiner Landsleute hatte er eine glatte, klare Haut, offene dunkelbraune Augen und etwas widerspenstige, volle Haare. Seine doppelten Augenlider waren das Werk eines Schönheitschirurgen, aber alles andere war ihm tatsächlich von Natur aus gegeben worden.

Seine Hand war weich und vor Aufregung eiskalt, als unsere Finger sich versehentlich streiften. Eine entzückende Röte überzog niedlich sein noch junges Gesicht und seine Ohren bekamen ebenfalls eine hübsche rote Farbe. Bei seinem Anblick und der kurzen Berührung spürte ich, wie mein Herz plötzlich schneller schlug. Wir haben uns erkannt, da war ich mir sicher. Er dankte mir stotternd und ich lächelte ihn beruhigend an. Wer außer ihm noch in unserer Umkleidekabine war, hätte ich später nicht sagen können, denn meine Augen waren einzig und allein auf ihn gerichtet und ich verschlang jede seiner Bewegungen.

Nachdem er die Kabine zusammen mit seinen anderen Member wieder verlassen hatte, legte ich sorgfältig und vorsichtig seine CD wie ein wertvolles Geschenk in meine Tasche. Ich war mir sicher, dass ich in der

Hülle mehr finden würde als nur die Musik-Disk. Und so war es auch. Joon hatte mir seine Handynummer auf einen kleinen, in der Hülle versteckten Zettel zukommen lassen. Als ich den kleinen Zettel auseinandergefaltet hatte, sprang unvermittelt ein breites, glückliches Lächeln in mein Gesicht. Dieser hübsche Junge war mir bereits mehrmals aufgefallen und ich hatte ihn immer, wenn es mir möglich gewesen war, unauffällig vom Bühnenrand aus beobachtet. Er war sehr talentiert und was mir besonders an ihm gefallen hatte, das war sein liebevoller freundlicher Umgang mit seinen Member und Fans. Er wurde niemals ungeduldig, war stets hilfsbereit und freundlich zu Älteren, aufmerksam zu den Mitarbeitern und erfreulicherweise nie überheblich gegenüber Jüngeren. Stets schien er bemüht, eine gute Laune verteilen zu wollen und sein Lächeln leuchtete heller als jeder Sonnenstrahl. Wenn seine Band ihr Debüt feiern würde, wäre er mit Sicherheit von Beginn an das Zentrum der Aufmerksamkeit und Liebe.

Glücklich dachte ich später immer wieder an diesem Tag und an den Moment zurück, als unsere Hände und Blicke sich zum ersten Mal berührten. Die Wärme, die ich von ihm empfing und diese süße Aufgeregtheit hatten mich im Sturm erobert. Seine Nummer würde ich nachts im Schlaf aufsagen können, so schnell hatte ich sie mir eingeprägt und als ich sie das erste Mal mit zitternden Händen wählte, schlug mein Herz so laut, dass man es vermutlich noch kilometerweit hören konnte.

Ich schwebte auf Wolke Sieben im Glück. Joon und ich waren kurz nach unserem gemeinsamen Telefonat, das die ganze Nacht gedauert hatte, ein Paar geworden. Er arbeitete zu dieser Zeit in einer kleinen deutschen Bäckerei und hatte die Möglichkeit, von dort aus zu telefonieren. Heimlich übernachtete er sogar ein paar Nächte in der Backstube des Ladens, nur damit er ungestört mit mir reden konnte. In seinem Dorm musste er sich sein Zimmer mit anderen Rookies auf engstem Raum teilen und hatte dort keine Privatsphäre. Davon abgesehen musste er zu Beginn seiner Trainee-Zeit sein privates Handy abgeben. Den Managern seiner Company war es möglich, dank einer Spyware jede Aktivität auf dem Mobilgerät nachzuverfolgen. So hatten die Trainees zwar ihre Telefone zurückerhalten, mussten aber für jede "nicht konforme" Unterhaltung per Chat oder Besuch einzelner Websites Rede und Antwort stehen. Selbstverständlich hatte ich Joon sofort ein neues Handy gekauft, damit er diesen Einschränkungen nicht mehr unterlag und er ohne Schuldbewusstsein mit den Menschen telefonieren konnte, die er sprechen wollte. Das war nicht uneigennützig, denn so konnten wir uns auch nach Belieben frei unterhalten und uns schreiben.

Als ich davon hörte, dass er Nächte in der Bäckerei verbrachte, kaufte ich ein kleines Apartment in der Nähe. Hier konnten wir uns treffen, ohne dass es jemand erfuhr. Meine Member, genau wie Joons Bandmitglieder, wussten nichts von uns. Irgendwann wollte ich es ihnen erzählen, aber ich hatte nie den passenden Moment dafür gefunden. Bis zu jenem Tag, an dem ich meine Einberufung zum Militär erhielt.

Jae, mein Chef und vielleicht sogar einer meiner besten Freunde, wusste die ganze Zeit über Joon und mich Bescheid. Dummerweise hatte auch ein Paparazzi einen Verdacht und Joon und mich bei einem unserer Rendezvous beinahe in einer kompromittierenden Situation erwischt. Als schwules Idol konnte ich nicht in den Militärdienst eintreten. Das wäre vermutlich mein Tod gewesen. Zumindest hätte man mich dort überaus schlimm gemobbt und ich hätte wahrscheinlich sehr leiden müssen. Aus diesem Grund galt es, schnellstens Gegenmaßnahmen zu ergreifen. Gemeinsam mit Jae heckten wir den Plan aus, mir eine vertrauenswürdige Fake-Freundin zu organisieren.

Yunai habe ich über Jae kennengelernt. Sie hatte auf seiner und Lisannes Hochzeit den Kuchen und die Desserts für das Fest bereitgestellt. Sie war es auch, die Joon und mich bei einer Gelegenheit tatsächlich auf frischer Tat ertappt hatte. Dazu war sie auch noch Joons' Chefin der Bäckerei, in der er arbeitete. Glücklicherweise stellte sich heraus, dass sie auch genau die Person war, die mir aus der Patsche helfen konnte. Da der Paparazzi Wind davon bekam, dass ich einen Mann traf, war nun Eile geboten, den Gerüchten entgegenzusteuern. Also ersann sich Jae einen Schlachtplan und mit seiner und Yunais Hilfe kam ich in Windeseile zu einer Freundin, von der ich mich genauso schnell kurze Zeit später auch wieder trennte. Leider gab es bei dieser Aktion eine Person, die ich neben Jae besser auch eingeweiht hätte: meinen Bandleader und Freund Sunny.

Obwohl meine Member vermutlich ahnten, dass ich nicht hetero war, nahmen sie die Neuigkeit meiner Beziehung zu einem Mädchen sofort und ohne dies zu hinterfragen an. Das erstaunte mich sehr, denn ihnen war durchaus bewusst, dass ich bislang noch niemals Interesse an dem anderen Geschlecht gezeigt hatte. Ein wenig enttäuscht war ich von ihrem Verhalten schon, denn nach einer solch langen Zeit hätte ihnen sofort klar sein müssen, dass ich ihnen und der Welt etwas vorspielte. Insbesondere Sunny nahm mir meine "Liebe" übel und war über viele Tage lang überaus schlecht gelaunt.

Gleich nach dem Eintritt ins Militär gab ich meine "Trennung" von Yunai bekannt und hatte mit diesem Schauspiel zwischen den anderen Soldaten wenigstens halbwegs meine Ruhe.

Eines wurde mir in meiner Dienstzeit jedoch immer deutlicher bewusst: Der Zeitpunkt meines Coming-Out würde nicht mehr allzu lange auf sich warten lassen. Ich startete im kleinen Rahmen und gab eines Tages meinen Freunden bekannt, dass ich seit längerer Zeit Joon datete. Genau wie meine Member wusste auch Jae, dass ich irgendwann meine Beziehung zu Joon öffentlich machen wollte. Er war der beste Chef, den man sich vorstellen konnte, denn sowohl Jae als auch meine Brüder ermutigten mich, diesen Schritt irgendwann zu gehen. Ich hatte ihre volle Unterstützung, was mich unendlich dankbar und glücklich sein ließ. Vermutlich war ich einer der wenigen, wenn nicht sogar der Einzige, der in einer Boyband öffentlich schwul war.

Wenn ich heute zurückblicke, dann freue ich mich, dieses schlussendlich getan zu haben. Natürlich wurde ich angefeindet und hatte viele Fans verloren, doch ich lebte endlich das Leben, in dem ich mich nicht mehr verstecken musste. Allerdings hatten Joon und ich unser Coming-Out erst nach dem Ende unserer beider Karrieren als K-Pop-Stars. Wir wollten weder seiner Band noch Star.X mit unserer Entscheidung schaden. Auf diese Jahre kam es uns nicht mehr an.

Wenn ich jetzt verraten würde, wer noch alles von den bekannten Idols, männliche wie weibliche, zu meiner Community gehörten, dann wäre vermutlich ein Großteil des Showbusiness darüber erstaunt, und die andere Hälfte hätte es ihrer Meinung nach sowieso gewusst oder geahnt. Aber nach wie vor war es eines der bestgehüteten Geheimnisse der Branche, dass nicht alle Menschen so liebten, wie es die Gesellschaft vorgab und sehen wollte. Ein weiteres Geheimnis war die Tatsache, dass viele meiner Kollegen manchmal bereits seit Jahren in einer festen Beziehung lebten oder vielleicht sogar heimlich verheiratet waren. Würden diese Kenntnisse eines Tages öffentlich, ginge ein Ruck durch die konservative koreanische Gesellschaft, die einem Erdbeben gleichkommen würde.

Wir arbeiten in einer Industrie des schönen Scheins und jeder ist bemüht, keine Schatten zu werfen und brav seine Rolle zu spielen. Meiner Meinung nach ist jedes K-Pop Idol neben einem Entertainer zugleich auch ein großartiger Schauspieler. Die wenigsten von uns sind im wirklichen Leben die Person, die du meinst zu kennen. Wir sind das, was ihr sehen wollt – und dafür arbeiten wir sehr hart.

(*Circus of Vanities*).

Sunny
Kim Soo-Min

SUNNY

Man wird nicht einfach K-Pop-Star. Bevor man von einer hoffentlich großen, bekannten und erfolgreichen Entertainment Agentur als K-Pop Sänger und Tänzer gewählt und tatsächlich ausgebildet wurde, musste man viele Hürden überwinden. Hatte man es geschafft, in ein Trainee-Programm aufgenommen zu werden, dann war es noch ein weiter, beschwerlicher Weg bis zum Rookie oder gar zum Star. Wenige schafften es bis zum Ende, aber hatten das Ziel fest vor Augen: Ein Idol, ein K-Pop-Star werden.

Wer dem Stress der Industrie von Anbeginn standhalten konnte, ohne jemals an sich zu zweifeln, der hatte schon fast gewonnen. Jahrelanges Training, tausende Entbehrungen, unendlicher Druck, Mobbing von allen Seiten und viele tausende Tränen waren nur einige der Steine, über die man springen musste, um anschließend im Ziel einlaufen zu können. Dazwischen gab es immer wieder den Gedanken und den Zweifel, ob man wirklich den richtigen Weg gewählt hat. Sollte man doch besser alles aufgeben und hinwerfen, um anschließend beschämt und gedemütigt zurück ins elterliche Haus zu kriechen? Ein Versager, der den Traum nicht bis zum Ende verfolgt hat oder nicht gut genug war? Hämische Blicke und hinter vorgehaltener Hand böse Kommentare der Menschen ertragen, die sich über das eigene Unglück durch deines hinweg getröstet sehen? Man macht weiter. Immer weiter. Heimweh, totale Ermüdung und Erschöpfung,

Restriktionen, Verbote und noch mehr Verbote, Hunger und Schönheit Prozeduren gehören zum Leben der meisten Trainees dazu. Talent, ja das war gut, aber nicht unbedingt oberste Priorität. Man musste nicht der perfekte Sänger oder die perfekte Sängerin sein, um als potenzielles K-Pop Idol entdeckt zu werden. Ein hübsches Gesicht war für viele Agenturen oftmals wesentlich wichtiger als Talent. Im Notfall konnte man auf die Tontechnik zurückgreifen. Aber ein unattraktives Idol wollten die Fans nicht sehen. Schönheit vor Talent war in vielen Agenturen als Devise ein offenes Geheimnis. Im Zweifelsfall wurden die angehenden Idols schön operiert. Aber das war teuer und kostete Zeit.

Ich kannte nicht gerade wenige meiner Mitstreiter, die sich bereits im Teenageralter unter das Messer gelegt hatten, um die begehrten doppelten Augenlider oder eine hohe, schmale Nase zu bekommen. Alles zusammen war dieses aber noch lange keine Garantie, dass man es in der Industrie schaffen würde. Aus dem Trainee wurde mit viel Glück ein Rookie, der dann wiederum mit noch mehr Glück in einer neuen Gruppe debütierte, die das erste Jahr auf dem hart umkämpften Schlachtfeld überlebte und nicht gleich wieder in der Versenkung verschwand. (*Superhero*)

Alles zusammengenommen waren das die Hürden, auf die ich überhaupt keine Lust hatte. Außerdem hatte ich nie vorgehabt oder mir überhaupt Gedanken darüber gemacht, jemals in meinem Leben kommerziell Musik zu machen.

Geboren, aufgewachsen und zur Schule gegangen bin ich in Ansan, in der Provinz Gyeonggi-do. Hier war zwar nicht der Nabel der Welt, aber es war zumindest theoretisch nicht weit bis in unsere Hauptstadt Seoul. Für unsere Familie kam das jedoch einer Weltreise gleich. Mein Vater arbeitete in einer der örtlichen Fabriken und meine Mutter war in der Gemeinde ein aktives Mitglied. Sie wünschten sich für ihre Kinder ein ruhiges Leben und dass sie so viel Geld verdienen würden, um mit dem Einkommen eine Familie gut und sorglos ernähren zu können. Meine Schwester war jünger als ich und wir gingen beide zur gleichen Highschool. Ich bereitete mich auf mein Abschlussexamen vor und ließ mich zum Verdruss meiner Mutter häufig von meiner Musik ablenken. Morgens stand ich mit einer Melodie in meinem Kopf auf und am Abend legte ich mich mit einem neuen Song schlafen. Dennoch wäre ich niemals auf die Idee gekommen, meine Zukunft in der K-Pop-Branche zu suchen. Bis zu jenem Tag, an dem Jae vor mir stand.

***

Gemeinsam mit meinen Freunden verließ ich das Schulgrundstück und wir bemerkten alle zur gleichen Zeit den teuren Wagen, der gegenüber von unserer Schule geparkt war. Wie Jae mir viel später erzählte, war das Auto extra von ihm gemietet worden und er, der in unseren Augen so lässig und weltmännisch an dem Wagen lehnte, war damals genauso nervös wie ich selbst gewesen, als er mich ansprach.

Der Zufall hatte es so gewollt, dass einer meiner eigenen Songs, den ich heimlich produziert und aufgenommen hatte, bei dem jungen CEO auf dem Schreibtisch gelandet war. Jae hatte den Rap Song gehört und war sofort davon begeistert. Bis zu diesem Zeitpunkt hatte er weder ein Foto von mir gesehen, noch kannte er mein Alter oder meine Herkunft. Er war sich lediglich sicher, dass er mich unbedingt für sein erstes Projekt seiner neu gegründeten Entertainment-Agentur gewinnen wollte. In dem Moment, in dem er vor mir stand und sich mir vorstellte, war ich mehr als verblüfft. Seinem Aussehen nach zu urteilen war er damals kaum älter als ich selbst, war wirklich aus männlicher Sicht betrachtet sehr hübsch und er hatte bereits seine eigene Firma gegründet. Ein Mann, mit dem man in der Zukunft unbedingt rechnen musste.

Dennoch misstrauisch hatte ich mir seine Vorstellung angehört und meine erste Reaktion war es gewesen ihn auszulachen. Ich war noch in der Schule, hatte gerade Schwierigkeiten wegen meiner Pubertät, meine

Schwester war eine totale Nervensäge und mein Schwarm ging mit meinem besten Freund. Was dachte er, was ich in meiner Zukunft tun wollte? K-Pop Idol werden war in meinen Augen auf jeden Fall nicht in der näheren Auswahl. Außerdem hatte ich das Gefühl, dass ich nicht besonders als Idol geeignet war. Ich war zu groß, zu schlaksig und kannte das Gym nur vom Hörensagen. Ich spielte lieber Fußball an der frischen Luft und hatte ständig irgendwo irgendwelche Blessuren. Außerdem hatte ich durch eine Bewegung im Freien eine dunkle Hautfarbe angenommen. Waren K-Pop Idols nicht alle blass, schlank trainiert und konnten singen und tanzen? Ich hatte zwar eine passable Gesangsstimme, aber ich war nicht so begeistert vom Tanzen – noch nicht. Außerdem war ich gerade dabei, meinen Abschluss zu machen und hatte ganz bestimmt nicht vor alles hinzuwerfen, nur weil da irgend so ein Kerl aus Seoul meinte, er wollte eine K-Pop-Gruppe casten. Okay, ich hatte Talent, Musik zu komponieren und ich hatte vielleicht auch den heimlichen Wunsch, meine Musik bekannt werden zu lassen. Aber das hatte ich bislang noch niemals öffentlich zugegeben – und auch mir selbst kaum eingestanden.

Doch Park Jae-Woon ließ nicht locker. Als ich ihn später einmal fragte, warum er mich ausgerechnet ausgewählt hatte, sagte er, dass ich ihn an einen unfertigen Diamanten erinnert hätte. Ja, ein Cliché, aber tatsächlich war er derjenige gewesen, der von Anbeginn an an mich geglaubt hatte. Wie sich später herausstellte, hatte er ein Händchen für Talente und wusste lange vor mir, dass ich mit der Musik meine berufliche Zukunft und Zufriedenheit finden würde.

Meine Eltern waren anders als viele andere Eltern. Sie schubsten mich nicht in die Agentur, in der Hoffnung, ihr Sohn würde eines Tages mit seiner Berühmtheit die gesamte Familie ernähren können. Sie waren skeptisch, denn sie hatten gehört, dass K-Pop Idols einen steinigen Weg zu ihrem Ziel gehen mussten. Das wollten sie ihrem Sohn ersparen und ehrlich, für ihre Einstellung liebte ich sie. Sie ließen sich nicht blenden und stellten sich anfangs gegen meinen Wunsch. Allerdings wurde der damals noch sehr junge CEO von Woon-Entertainment nicht grundlos einer der mächtigsten, überzeugendsten und geschicktesten Männer der Branche.

Nach seinen taktisch klugen und überzeugenden Gesprächen mit Eomma und Appa, hatten meine Eltern irgendwann keine Einwände mehr. Jae hatte ihnen sein Ziel und seinen Weg dorthin erläutert und das hatte meine Eltern auf seine Seite gebracht. Ihr Sohn würde anders als andere Trainees volles Mitspracherecht behalten. Das war nicht nur ungewöhnlich, sondern auch revolutionär. Außerdem konnte er jederzeit aussteigen und war nicht gezwungen, die ersten zehn Jahre nach Vertragsunterzeichnung jeden verdienten Cent an die Agentur abzutreten. Er erklärte meinen Eltern, dass der Erfolg von mir direkt mit seinem eigenen Erfolg verknüpft war. Würde ich untergehen, würde er genauso mit dem Boot sinken. Wir saßen beide am Ruder und bedienten sie im Einklang. Eine Partnerschaft auf Augenhöhe. Absolut ungewöhnlich in dieser harten Industrie.

Sofort nach meinem Schulabschluss zog ich in Jaes' WG nach Seoul. Von diesem Moment an wurde mein Leben komplett auf den Kopf gestellt und durcheinander gerüttelt. Bis zu jenem schicksalhaften Tag im April 2014. Kurz vor unserem Debüt musste ich meinen bis dahin schlimmsten Schicksalsschlag erfahren, der mich beinahe völlig aus der Bahn geworfen hatte. Was alles Vorherige nicht schaffte, hatte dieser Tag fast vollbracht.

Meine Schwester verließ die Welt an jenem Tag im April für immer. Sie ertrank bei dem Untergang der Sewol, einem Fährschiff, das unter anderem die Jahrgangsstufe meiner Schwester an Bord hatte. Dieses Unglück war so unfassbar, dass ich selbst viele Jahre danach kaum darüber sprechen kann. (*April Rain*)

Aber wenn es einen Gott gab, dann hatte er in meiner schwersten Stunde Mitleid mit mir. Durch diese Katastrophe traf ich völlig unerwartet auf meine Seelengefährtin. An dem Tag, an dem ich meine geliebte Schwester für immer gehen lassen musste, trat ein neuer Mensch in mein Leben und veränderte es für immer: Yunai.

* * *

Als ich Yunai zum ersten Mal sah, nahm ich sie nicht wirklich wahr. Sie war ein Schatten neben mir, versunken in der gleichen Trauer und Schmerz und in dem Bewusstsein, dass ihr Leben von nun an für immer anders sein würde. Ihre Nähe tat mir gut – sie beruhigte mich und irgendwie fühlte ich mich neben ihr nicht mehr ganz so verloren. Nebeneinander, stumm und mit blindem Blick standen wir vor dem großen Stadion, in dem die Trauerfeier für unsere Familien stattfand. Wir waren nicht hineingegangen – etwas, was wohl nur wir beide verstanden. Meine Eltern haben eine große Szene gemacht und letztendlich traurig aufgegeben, mich zum Mitkommen zu überreden. Ich wollte mit meiner Trauer allein sein und nicht die geheuchelten Worte und Reden der Menschen hören, die für das Unglück verantwortlich waren und meine Schwester niemals in ihrem eigenen Leben getroffen haben. Neben mir stand der andere Mensch, der ebenfalls nicht gewillt war, sich in die Menge zu stellen und sich bei ihrer Trauer beobachten zu lassen. Gemeinsam hielten wir uns an unseren Händen und wir teilten stumm unseren Schmerz.

Doch ich spürte auch eine Art Entschlossenheit von ihr ausgehend. Sie war bereit, einen dunklen Weg ohne Rückkehr zu gehen. Ein siebter Sinn riet mir, ihr nach unserer Verabschiedung heimlich zu folgen und das war wahrscheinlich die beste Entscheidung meines Lebens. Yunai hatte sich die "Todesbrücke" ausgesucht. Ihr Leben sollte hier ihrer Meinung nach enden.

Sie war noch so jung. Einige Jahre jünger als ich selbst. Auch wenn sie bei unserer ersten Begegnung voller Trauer war, so war ihr hübsches, jugendliches Gesicht etwas, das jedem im Gedächtnis blieb. Sie war anders als die Mädchen, die ich kannte, und ihr gebrochenes Koreanisch machte unsere Verständigung schwierig. Dennoch verliebte ich mich sofort in dieses Mädchen und später liebte ich diese Frau aus tiefstem Herzen.

Wir waren zusammen. In aller Unschuld, denn sie war noch minderjährig und auch wenn ich nur knapp über der Altersgrenze lag, so war ich doch der "Erwachsene" in unserer Beziehung. Sie war so süß und lieb und mein Herz band sich immer fester an sie. Doch eines Tages stieß sie mich ohne ein Wort der Erklärung von sich weg. Mein Herz brach und ich nahm mir damals vor, mich nie wieder in ein Mädchen zu verlieben. Der Schmerz des Verlassenwerdens war einfach unerträglich. (*Please look back*)

Tatsächlich standen meine Member und ich gerade davor, unser Debüt als Star.X zu geben und mein Liebeskummer traf mich so hart, dass ich beinahe alles hingeworfen hätte. Zum Glück haben meine Freunde Yeon, Taemin und Ji-Mong mich aufgehalten. In-Ho war selbst noch so jung, dass er von allem nichts erfahren sollte. Die Zeit nach unserer Trennung stürzte ich mich in viele verschiedene Affären, die nicht mehr unschuldig waren. Jede hübsche Frau wurde von mir erobert und wieder fallengelassen. Keiner würde ich es mehr gestatten, mich zu verlassen – da ich ihnen stets zuvorkam. Mein Herz hatte ich festgehalten und trotz der Versuche einiger Frauen, eine wichtigere Rolle in meinem Leben spielen zu wollen, hatte ich mich niemals in eine von ihnen verliebt. Bis zu dem Tag, an dem ich Yunai wieder getroffen hatte.

***

Lisanne und Jae wollten heiraten. Lisanne war mittlerweile neben meiner Mutter die einzige Frau, der ich rückhaltlos vertraute. Als ihr Freund begleitete ich sie zu verschiedenen Stationen auf den Weg zur perfekten Hochzeit. An jenem Tag war es die deutsche Bäckerei, die sie unbedingt für ihre Hochzeitstorte gewinnen wollte. Für mich würde es der Termin werden, der mein Leben unerwartet komplett neu ordnen würde.

Ich erkannte Yunai auf den ersten Blick. Hätte mein Auge es nicht getan, dann aber mein Herz. Es schlug bei unserer unerwarteten Begegnung so laut und schnell wie Kanonenschüsse. Es hatte meine Seelenverwandte sofort erkannt und ich redete mir ein, es reagierte so aus Wut.

Das Mädchen Yunai war trotz des schlimmen Verlusts ihrer Eltern und dem Umzug von Deutschland nach Korea ein süßes, lustiges und verspieltes Mädchen gewesen. Die erwachsene Frau Yunai, die ich nun zum ersten Mal sah, war das genaue Gegenteil. Sie versteckte sich in viel zu großen Kleidungsstücken, wirkte verschreckt und sogar ein wenig panisch. Jede Pore strahlte Unsicherheit und den Willen zur Flucht aus. Sie war ganz und gar nicht mehr das Mädchen, in das ich mich damals verliebt hatte. Ich wollte sie verachten, ich wollte sie bemitleiden, aber tatsächlich zog sich mein Herz bei ihrem Anblick so schmerzvoll zusammen, dass ich das Gefühl hatte zu ersticken. Was ist mit dem lebensfrohen Mädchen geschehen? Diese Frau wirkte wie eine leblose Hülle. Lediglich wenn das Thema auf ihre zugegeben wundervollen Torten kam, lebte sie auf und sprach ohne Furcht.

Als wir damals die Bäckerei verließen, atmete ich im Auto tief durch und war zugleich erschüttert und verwirrt. Yunai hatte nach all den Jahren immer noch die Gewalt über meine Gefühle, auch wenn ich es mir niemals eingestanden hätte (*Heart and Mind*)

***

Jedes Mal freute und fürchtete ich die Begegnungen mit der kleinen Bäckerin. Obwohl ich sie zutiefst zu hassen glaubte, weil sie mich damals so tief verletzt hatte, so schlich sie sich immer weiter in meine Gedanken und Gefühle hinein, bis ich es mir eingestehen musste: Ich hatte sie die ganze Zeit geliebt, sie niemals trotz aller Bemühungen vergessen und war jetzt auf keinen Fall bereit, sie wieder aus meinem Leben gehen zu lassen. Aber ich wollte Erklärungen von ihr. Ich wollte wissen, warum sie mich vor beinahe einer Dekade einfach verlassen hatte. Ihre damalige Erklärung war mir immer seltsam und unwahr erschienen und ich brauchte für mich und für meinen Seelenfrieden eine Antwort. Ich forderte sie bei jeder sich bietenden Gelegenheit heraus, sich mir zu öffnen, sich zu erklären. Doch egal wie eindringlich ich sie fragte oder sogar bedrängte, ich erhielt keine zufriedenstellende Antwort von ihr. Rückblickend bin ich zwar froh, dass ich diese irgendwann unfreiwillig erhalten hatte, aber der Schmerz, der mit der Wahrheit einherging, war kaum zu ertragen gewesen. Manchmal ist Unwissenheit ein Segen, manchmal eine Qual.

Und dann kam der Tag, an dem Yeon uns seine Freundin vorstellte, und ich wie vom Schlag getroffen war. Yeon, der nach meinem Gefühl eigentlich gar nicht auf Frauen stand, hatte eine Freundin und diese war ausgerechnet die Frau, die ich liebte. Verzweifelt hoffte ich, dass er keine echte Beziehung mit ihr führte, aber dennoch war sie seine Freundin und damit für jeden anständigen Mann tabu und für seine Brüder sowieso. Allerdings war ich mir auch sicher, dass ihre "Beziehung" nicht lange währen würde. Jae war ein Fuchs und das Verwirrspiel mit Presse, Paparazzi und Fans war seine Leidenschaft. Er hatte es geschafft, uns aus sämtlichen Skandalen herauszuhalten und ordnete beinahe mühelos alles für uns, wenn wir ein Chaos hinterlassen hatten. Yeons bevorstehender Militärdienst musste ihn zu diesem Schritt bewegt haben, denn auch mir waren Gerüchte zu Ohren gekommen, dass Yeon eigentlich mit einem Mann zusammen war. Dennoch litt ich wieder unter meiner Angst, Yunai verloren zu haben und war gleichzeitig unendlich wütend.

Nach meinem eigenen Militärdienst war plötzlich alles anders. Yunai war anders. Was war in diesen zwei Jahren meines Dienstes für mein Vaterland geschehen, dass sich ihr gesamtes Selbst so verändert hatte? Verschwunden war die depressive, traurige und zurückhaltende Frau, die ich verabschiedet hatte. Wir hatten während meines Militärdienstes keinerlei Kontakt zueinander gehabt. Irgendwie hatte ich Angst, dass wenn ich sie hören, sehen oder von ihr lesen würde, ich etwas Dummes tun könnte. Aus diesem Grund hatte ich auch keinerlei Informationen über sie erhalten, oder anders gesagt, ich hatte allen verboten, mir etwas von ihr zuzutragen. Als ich nun nach meiner Wehrpflicht wieder in die Freiheit entlassen wurde, fand ich eine völlig veränderte Yunai vor.

Sie war wieder fröhlich. Ihre Schüchternheit war verflogen. Ihre Introvertiertheit, ihre Selbstzweifel und die Zurückhaltung waren passé. Diese Yunai ähnelte wieder dem jungen Mädchen, das ich damals kennengelernt hatte, aber dennoch wirkte sie irgendwie unecht. Sie war sexy, trug enge Kleider, war lustig, übermütig, selbstbewusst und flirtete. Alles bereitete mir ein Unwohlsein. Es wirkte nicht echt. Nicht aufgesetzt oder gespielt, aber irgendwie verzerrt oder so, als wäre die Persönlichkeit gewollt von ihr ausgesucht worden. Doch als mir berichtet wurde, dass sie ihr Gedächtnis bei einem Überfall verloren hatte, wollte ich meine Chance nutzen. Wir kamen uns auch in unserem dritten gemeinsamen Leben nahe. Es war unser Schicksal, dass wir uns immer wieder ineinander verliebten und unsere Liebe mit jedem Neubeginn stärker wurde.

Dann kam der Tag, an dem ich ihr wohlgehütetes Geheimnis aufdeckte und meine Welt wirbelte mit diesem Wissen komplett durcheinander. Das Opfer unserer Trennung war nicht ich gewesen. Yunais Anteil an Schmerz und Selbstaufgabe war um ein Unendliches größer gewesen. Es hatte sie nicht nur ihre Liebe gekostet, sondern ihren Lebenswillen und ihre Unschuld. Ich weinte zusammen mit ihr über Stunden. Yunai war mir niemals untreu gewesen. Sie war niemals der herzlose Mensch gewesen, für den ich sie gehalten hatte – oder besser, für den ich sie halten *wollte*. Sie war vermutlich der einzige Mensch auf der Welt, der alles für mich geopfert und aufgegeben und sich dabei selbst verloren hatte. Unsere Begegnung nach all den Jahren war nicht nur Schicksal.

Es war der Moment, in dem jemand Höheres ein Einsehen mit uns gehabt hat und sich sagte: "Jetzt ist es gut. Jetzt haben sie genug gelitten. Ich gebe ihnen ihr Glück."

Yunai war die Liebe meiner Teenagerzeit. Sie ist die Liebe, die ich als junger Erwachsener wiedergefunden habe und sie wird die Liebe sein, die mich mit grauem Haar anlächelt und meine Falten zählt. Yunai ist meine Seelengefährtin und die Frau, mit der ich mein Leben bis zum Ende verbringen werde.

Textauszug: Fairy Tale Lovesong (Sun and Moon by Star.X)

Meeting you was magic
Like in a fairy tale
우리의 첫 만남은
As if from another world
태양에서 요정처럼 춤을 추고

Your beauty 내 심장에 닿았어
Like in a fairy tale 넌 정말
아름다워
모든 몸짓, 모든 말, 모든 웃음은
요정과 같다.
It's like a fairy tale

전혀 예상치 못한
갑자기
군중 속에서 당신을 봤어요.
It was magic
군중 속에서 당신을 봤어요.
그녀는 주변의 다른 사람들보다
더 밝았다.

Dich zu treffen war wie Magie
Wie in einem Märchen
Unsere erste Begegnung
Wie aus einer anderen Welt
Tanzt wie ein Elf in der Sonne,

Deine Schönheit hat mein Herz berührt.
Du bist so schön.
Jede Geste, jedes Wort, jedes Lachen ist wie von einer Fee.
Es ist wie in einem Märchen

Ganz unerwartet, ganz plötzlich
Habe ich sie in der Menge gesehen.
Es war wie Magie
Ich habe sie in der Menge gesehen und sie strahlte heller als die anderen um sie herum.

Taemin
Choi Ho-Min

TAEMIN

Mein Leben war perfekt. Ich war K-Pop Idol in einer Gruppe, die weltweit berühmt war. Unsere Fans liebten mich und ich liebte die StarLover. Es war die beste Zeit meines Lebens. Meine Member waren meine Brüder, mein bester Freund war Sunny, mein Vertrauter war Jae und unsere StarLover meine Bewunderer. Ich war unbesiegbar, unschlagbar und der Schwarm aller Mädchen. Ich war der Star, der ich immer werden wollte.

Genau wie Yeon, Sunny, Ji-Mong und In-Ho bin ich ohne Bewerbung, ohne Casting, ohne Eigeninitiative ein Trainee bei Woon-Entertainment geworden. Jae hatte genau wie bei den anderen Member eine gute Nase gehabt und mich gefunden. Ich war der Rockstar in meiner Schulband und ging auf der Bühne richtig ab. (*R.O.C.K.S.T.A.R.*).

Wir hatten auch bereits eine stattliche Anzahl an Fans und fühlten uns wichtig und berühmt. Sam, mein Schulkumpel, war unser Drummer und ich natürlich der Sänger. Die anderen Jungs wurden immer mal wieder ausgetauscht, denn unsere Fans hatten eigentlich nur Sam und mich im Auge. Wir waren arrogant, jung und überheblich. Erst als Trainee habe ich bemerkt, wie überheblich wir wirklich gewesen waren. Mir fehlten in jedem Bereich die Grundkenntnisse und es war ein Wunder, dass unsere Band nicht mit Eiern und Kohlköpfen beworfen worden war. Jetzt, im Nachhinein, verstand ich, warum andere kurzfristige Bandmitglieder uns immer wieder verlassen haben. Nicht sie waren zu schlecht für uns, sondern wir für sie. Sie hatten es nicht ertragen können, wie unmusikalisch wir im Verhältnis zu ihnen waren. Das führt unwillkürlich zu der Frage, warum Jae ausgerechnet von allen Talenten mich gecastet hat.

"Du warst so frech, so gutaussehend und so überzeugt von dir selbst, dass ich sehen wollte, ob du nur eine große Klappe oder auch wirklich Talent und Durchhaltevermögen hast."

Ich besaß es und tatsächlich hatte ich sowohl Talent als auch eine große Liebe zu dem, was uns Jae durch seine Trainer beibrachte. Innerhalb kürzester Zeit war ich in der Lage, meine Töne zu halten und begeisterte mich überdurchschnittlich fürs Tanzen. Hier sah ich mein wirkliches Talent. Zuvor hatte ich Tanzen als Mädchenkram abgetan, aber in Wirklichkeit beneidete ich alle, die es drauf hatten. Die Choreografien waren bereits nach wenigen Malen in mein Blut übergegangen und nach einem Jahr gehörte ich zu den Trainees, die sogar von Sunbaes anderer Agenturen für ihre Fähigkeit gelobt wurden.

Wie gesagt, gerade war mein Leben perfekt. Star.X befand sich im Moment vermutlich auf dem Höhepunkt der Karriere und wir waren vollgepumpt mit Stolz und Überheblichkeit. Die Welt gehörte uns. Wir waren jung, erfolgreich und die Frauen lagen uns zu Füßen. Zumindest theoretisch, denn tatsächlich hatten wir alle nicht wirklich Zeit, uns mit einem Mädchen zu verabreden. Natürlich flirteten wir und natürlich hatte der eine oder andere auch eine Affäre am Laufen oder zumindest in der Vergangenheit Affären gehabt. Dazu gehörte ich auch, denn ich war ganz bestimmt kein braver Junge. Doch für eine Freundin, einen echten Partner, hatten wir neben unserer Karriere bei Star.X einfach keine Zeit. Unser Fokus war auf unsere Musik, unsere Perfomance und auf unsere Fans gerichtet, und natürlich auf die Sicherung unserer Spitzenposition im hart umkämpften Entertainment Geschäft. Allerdings wurden wir alle langsam älter. Ich selbst war mittlerweile 26 Jahre alt und seit meinem Schulabschluss Single. Vermutlich war es genau der richtige Zeitpunkt gewesen, dass mein Leben sich verändern sollte. Von perfektem

Wohlbefinden machte es eine Entwicklung zu Chaos, Herzschmerz und absoluter Hingabe. Mit diesem Wissen war es jedoch möglich geworden, Songs zu komponieren und Texte zu schreiben, von denen ich zuvor nur theoretische Kenntnisse hatte. Rückblickend würde ich sagen, es war es wert, auch wenn es sich zynisch anhört. Ohne dieses Liebeswirrwarr hätte ich sicherlich nicht einen meiner besten Songs geschrieben. Doch die Person, die mich dazu gebracht hatte, würde ich in Kürze kennenlernen. (*Missing you*)

***

Wir waren auf dem Rückweg von Deutschland nach Korea, als die erste Frau in mein Leben trat, die es schaffte, mich durcheinanderzubringen.

Lisanne war eine Versuchung. Sie war sehr hübsch, freundlich, warmherzig und in meinen Augen zu dem Zeitpunkt genau die Richtige, um mehr von ihr zu wollen. Doch es stellte sich später heraus, dass ich von Anfang an nicht wirklich bereit gewesen war, tatsächlich mein Herz an sie zu verschenken. Wir alberten herum, ich versuchte sie zu verführen, wir flirteten heftig und kamen uns auch körperlich näher. Dennoch bemerkte vermutlich ich zuallererst, dass wir nicht füreinander bestimmt waren. Diese Erkenntnis hatte ich nicht wissentlich gewonnen. Sie war wohl eher in mein Unterbewusstsein gekrochen. Die Trennung, wenn man unsere Beziehung überhaupt als eine engere Freundschaft betrachten wollte, war trotzdem sehr schmerzhaft für mich gewesen. Nach einer kurzen, aber heftigen Phase von Liebeskummer erkannte ich, dass ich eher den Gedanken, eine Liebe erlebt zu haben, denn der Liebe selbst hinterher trauerte.

Die wirkliche Liebe kam mit Emmy. Sie überrollte mich wie eine Welle an einem warmen, gemütlichen Strand. Unerwartet und mich in die Weite des Ozeans hineinziehend. Ich ertrank in meiner Liebe zu ihr. Jede Sekunde ohne sie wurde für mich zu einer Qual. Und ich quälte mich das eine oder andere Mal sehr. (*No Boundaries*)

Mit Emmys Einzug in mein perfektes Leben stellte sich mir nie die Frage, ob ich ihr mein Herz schenken würde. Viel eher war der Gedanke präsent, wann ich ihr mit Haut und Haar komplett verfallen würde. Dennoch war unser erstes Aufeinandertreffen nicht gerade ein Hinweis darauf, dass sie die Liebe meines Lebens werden würde. Es begann alles andere als vielversprechend und ich war mir sicher, dass sie ein großer Störfaktor in meinem Leben wäre. Wenn ich diese Einstellung auch nur sehr kurz hatte.

***

Emmy kam genau wie Lisanne aus Deutschland. Ich war auf dem Rückweg von einem Fan Meeting aus Malaysia und traf in unseren Firmen Van zum ersten Mal auf die rothaarige Schönheit, die ebenfalls vom Fahrdienst von Woon-Entertainment am Flughafen abgeholt wurde. Beim Einstieg war ich von ihrer Anwesenheit überrascht worden und noch mehr davon, dass ich sie kannte. Diese rothaarige Prinzessin aus einem Märchen (*Fairy Tale Love Song*) hatte ich zuvor auf Fotos gesehen und war da bereits von ihrem äußerst betörenden Äußeren stark beeindruckt gewesen.

Als wir uns zum zweiten Mal trafen, fiel sie mir förmlich in die Arme. Eingehüllt in wallendes, lieblich duftendes rotes Haar hielt ich die schönste Frau der Welt in meinen Armen. Ihre riesigen grünen Augen sahen mich schreck geweitet an und ich vergaß für einen Moment die Welt um mich herum. Ihre milchzarte, helle Haut, die kleine süße Nase und der volle Schmollmund waren der Traum eines jeden Mannes. Und ich war ein Mann, der mit allen Sinnen in diesem Moment reagierte. Peinlich berührt schubste ich sie von mir. Nicht auszudenken, wenn sie gespürt hätte, wie sehr sie mir gefiel. Zum Glück hatten alle Anwesenden es ein wenig missverstanden und ich würde mich hüten, sie von meiner unerwarteten pubertären Reaktion wissen zu lassen.

Jae fragte mich später in einem Vier-Augen-Gespräch, ob ich bereit wäre, diese wunderschöne Rothaarige als meine persönliche Assistentin bei "Immortality Love" zu akzeptieren. Eine erfahrene Kollegin war unerwartet für diesen Job ausgefallen und ich benötigte am Set unbedingt eine persönliche Unterstützung. Das Drama war eines meiner ersten Filmprojekte und obwohl ich selbst ein Neuling auf diesem Gebiet war, lief es richtig gut. Tatsächlich hatte sich die Serie später als eine der Umsatzstärksten positioniert und erhielt in vielen wichtigen Kategorien Awards. Außerdem hatte ich zwei Songs als Filmmusik beigesteuert (*King's Man* und *Sun and Moon*).

Alles in allem war mein Einstieg ins K-Drama Land ein gelungener, erfolgversprechender Start gewesen. So kam es, dass Emmy meine persönliche Assistentin wurde. Dummerweise war aber ausgerechnet dieses Mädchen diejenige, die bereits eine Beziehung zu meiner Familie hatte. Diese war aus meiner Sicht keineswegs positiv und so wurde trotz meiner visuellen und körperlichen Begeisterung für das Mädchen wenigstens für kurze Zeit daraus eine erzwungene Abneigung. Doch Emmy wäre nicht sie selbst, hätte sie nicht unwissentlich, naiv und unschuldig alles versucht, mich meine Ablehnung vergessen zu machen. Das gelang ihr ohne viel Mühe und Anstrengung.

Trotz ihrer etwas unbeholfenen, naiven Art am Set war sie mir eine gute Unterstützung. Tatsächlich ging es so weit, dass ich ständig ihre leuchtenden Haare in der Menge suchte und erst dann ruhiger war, wenn ich sie in meiner Nähe wusste. Natürlich ließ ich sie das nicht wissen, denn nach wie vor war ich der Meinung, dass sie für das durcheinander gerüttelte Leben meines jüngeren Bruders verantwortlich war. Das ließ ich sie auch bei jeder sich bietenden Gelegenheit spüren, wobei ich mich darüber amüsierte, dass sie ganz offensichtlich keinerlei Ahnung hatte, warum ich sie nicht mochte. Tatsächlich war es jedoch vielmehr so, dass ich wirklich ein guter Schauspieler sein musste. Nicht in kleinen Schritten, sondern im Galopp war sie über mich hinweg gedonnert und ich hatte mich in sie verliebt. Ja, dieses Mal war ich mir wirklich sicher, dass es Liebe war. Jedes Mal, wenn unser Hauptdarsteller Joon-Ki-Sunbae mit ihr sprach, platzte ich innerlich vor Eifersucht.

Die Nacht des Donners war für uns beide schließlich eine Offenbarung und danach wurde sowieso alles anders. Unsere Missverständnisse, meine erzwungene Abneigung, alles löste sich auf und endlich geschah das, was passieren sollte: Wir wurden ein Paar.

Natürlich war nicht alles einfach, denn auch ich hatte eine Vergangenheit. Während meiner Trainee-Zeit und als Idol hatte ich nicht gedatet, aber zuvor war ich mit einem kleinen Biest namens Anna zusammen gewesen, die uns jetzt aus purer Gehässigkeit das Leben schwer machen wollte. Dazu kam noch der beste Freund von Emmy, der ebenfalls in unser Liebesleben gehörig Unruhe hinein brachte. Wenn ich jetzt zurückblicke, so bin ich mir sicher, dass alles nur dazu beigetragen hat, dass Emmy und ich ein noch engeres Band geknüpft haben. Die Krönung unserer Liebe zwingt mich heute hin und wieder dazu, Einhorn Hosen zu tragen, aber ich glaube, meine Mädels sind jedes Opfer wert.

Rockstar
I wanna be a
Rockstar
거울에 비친 내 모습
내 얼굴은 확실히 말해
I'm a Rockstar
R-O-C-K-S-T-A-R
Yeah, 내 락송을 들어봐
I'm a Rockstar

R – means rich
전기차처럼 부자가 될 거야
O – listen
올리가르치는 날 싫어해요
C – check now
난 더 이상 귀엽지 않아
K – keen on it
가죽 재킷을 주세요

R-O-C-K-S-T-A-R
Do you feel it?
가지 마
잘 들어
이 노래를 너에게 바치고
싶어
가지 마
잘 들어
이 노래를 너에게 바치고
싶어

Rockstar
I wanna be a
Rockstar
Ich bin im Spiegel
Ich bin sicher, dass ich mich nicht
mehr so sehr um dich kümmern
werde.
I'm a Rockstar
R-O-C-K-S-T-A-R
Ja, hör auf meine Rock-Songs.
I'm a Rockstar
R – means rich
Du wirst reich werden wie ein
Elektroauto.
O – listen
Oligarchen hassen mich.
C – check now
Ich bin nicht mehr niedlich
K – keen on it
Ich möchte eine Lederjacke.
R-O-C-K-S-T-A-R
Do you feel it?
Geh nicht.
Hör zu.
Ich möchte dir diesen Song
widmen
Geh nicht.
Hör zu.
Ich möchte dir diesen Song
widmen

Park Ji-Mong

Ji-Mong

Was macht einen Ji-Mong aus, der es hasst, im Mittelpunkt zu stehen? Warum ist ausgerechnet jemand wie ich K-Pop Idol geworden? Ganz einfach: Ich liebe Musik. Ich atme sie, ich esse sie, ich lebe sie. Alles andere ist unwichtig. Musik ist das, was zählt. Nur mit Musik ist mein Leben gut und lebenswert.

Das waren meine Gedanken bis zu dem Tag, an dem ich die Frau traf, für die ich sogar die Musik an zweiter Stelle setze. Aber eins nach dem anderen.

***

Jae hatte mich in meiner Schule "gefunden". Mein Musiklehrer war ein alter Freund von ihm und informierte den jungen CEO von Woon-Entertainment über mein, seiner Meinung nach, großes Talent. Mein Lehrer musste so viel von mir geschwärmt haben, dass Park Jae-Woon bereits zwei Tage später vor meinem Klassenraum stand und mich nach dem Unterricht abfing. Wie immer trug ich meine Kopfhörer auf den Ohren und wollte an ihm vorbeigehen, als er mich kurz am Arm berührte und mich aus meiner musikalischen Welt aufschrecken ließ.

Das war unsere erste Begegnung. Er kam noch fünf weitere Male aus Seoul und jedes Mal gab ich ihm die gleiche Antwort: Nein. Ich werde kein K-Pop Idol. Auf keinen Fall.

Seine Hartnäckigkeit imponierte mir irgendwann. Er gab nicht auf und beim sechsten Mal begann ich ein wenig zu schwanken. Er ergriff die Chance und lud mich zum Essen ein. Da ich nichts anderes vorhatte, willigte ich ein, mitzukommen.

Jae hat eine Begabung: Andere Menschen von sich und seinen Visionen zu überzeugen - und Talente mit sicherem Gespür zu erkennen und für sich zu begeistern. Ich war noch auf der Highschool, und ich hatte klare Vorstellungen, was ich nach meinem Abschluss machen wollte. Musik war das Einzige, was mich interessierte und ich würde mich am Musikkonservatorium einschreiben. Würde ich als Trainee bei Woon-Entertainment unterschreiben, so könnte ich meinem Traum eines Musikstudiums nicht nachkommen. Beides kostete zu viel Energie und ich würde vermutlich weder dem einen noch dem anderen gerecht werden können. Irgendwie überzeugte mich Jae jedoch, dass er mir beides ermöglichen könnte.

So wurde ich der fünfte und letzte Trainee für Star.X und hatte bis heute die Entscheidung niemals bereut. Allerdings hatte ich bereut, dass ich ab dem Moment der Vertragsunterzeichnung in der Öffentlichkeit stehen würde und meine Social Anxiety nur schwer in den Griff bekommen würde. Doch dank meiner Brüder hatte ich Unterstützung und irgendwie legte ich mein Lampenfieber und meine Angst vor Menschen mit jedem ersten Schritt auf eine Bühne ab. Allerdings habe ich hierfür einige Jahre gebraucht. Auf der Stage war ich K-Pop Idol J.Mo und nicht mehr Ji-Mong, der Mann mit den vielen Ängsten und dem großen Sack an dunklen Gedanken. Ich genoss die Atmosphäre auf der Bühne. Das Licht, die erwartungsvolle Stimmung, die tausenden Fans. Ich war dort in einer anderen Welt und meine soziale Angst war merkwürdigerweise dann, wenn ich wirklich im Rampenlicht stand, praktisch wie weggeblasen. Aber jenseits der Bühne, fernab der Scheinwerferlichter war ich immer noch Ji-Mong, der es verabscheute, mit Fremden zu reden und dem das Herz bis zum Hals schlug, wenn man ihn ansprach. Das änderte sich auch nicht mit meiner Berühmtheit.

Jeder hat eine Geschichte, eine Vergangenheit. Manche Menschen haben kein Problem, sich anderen zu öffnen und darüber zu reden. Andere, wie ich, tragen alles tief verschlossen im Herzen. Es fällt mir auch jetzt nicht leicht, etwas von mir Preis zu geben, aber mittlerweile habe ich meine schlimmsten Krisen überstanden und bin wieder zurück im Licht. Als ich Yunai kennengelernt hatte, sah ich mich wieder in ihr. Sie hatte die gleiche dunkle Aura, wie ich in meiner schlimmsten Zeit.

Alles begann, als ich meinen besten Freund verlor. Jin-Ki war seit der Grundschule mein Vorbild. Er war zwei Jahre älter und wenn er es zuließ, folgte ich meinem Hyung überall hin. Als er in der Oberstufe zu einem Casting nach Seoul ging, war ich traurig und hoffte, dass er nicht in der Agentur angenommen werden würde. Doch er schaffte es. Jin-Ki hatte ebenso wie ich eine große Liebe zur Musik, konnte sich gut bewegen und war sehr hübsch. Es war also nicht verwunderlich, dass er es auch nach zwei Jahren harten Trainings in eine vielversprechende K-Pop Gruppe schaffte. Nach seinem Debüt begann jedoch der Abstieg. Jin-Ki wurde ohne ersichtlichen Grund von den Fans seiner Band gehasst und gemobbt. Nicht von allen. Er hatte auch viele Fans und Fürsprecher, doch es waren die Anti-Fans, die lauter waren und von ihm wahrgenommen wurden.

Auf der Bühne zeigte Jin-Ki stets sein lächelndes, hübsches und scheinbar unbeeindrucktes Gesicht. Von diesem Eindruck ließ sogar ich mich als sein bester Freund täuschen. Eines Tages bekam ich den Anruf seiner Mutter, dass Jin-Ki dem Druck nicht mehr standgehalten habe. Er hatte sich in seiner Wohnung aus dem Leben verabschiedet. Ich fühlte mich betrogen, getäuscht und war unendlich traurig. Wenn er heute noch einmal vor der Entscheidung stehen würde, wäre sie dann genau die gleiche? (*Like a bird*)

Mir ging es nach Jin-Ki's Abschied unendlich schlecht. Es ging mir so schlecht, dass ich selbst den Weg des endgültigen Abschieds wählte. Zum Glück waren meine Brüder sehr aufmerksam und sie bewahrten mich vor meinen schlimmsten Fehlern. Ohne sie hätte ich vermutlich nicht den Tag erlebt, an dem ich meine Zukunft getroffen habe: Sara.

***

Mein Autounfall war schlimm. Aber merkwürdigerweise nahm ich ihn klaglos als eine Art Prüfung hin. Meine linke Körperhälfte war ab Höhe der Schultern gelähmt und ich wurde so unbeholfen wie ein Baby. Selbst bei den peinlichsten Verrichtungen musste ich mir helfen lassen. Meine anfängliche Scham wich einem Gefühl von Ergebenheit und Gleichgültigkeit. Vielleicht war das Überleben des Unfalls meine Aufgabe, die mir von einer höheren Macht gestellt wurde. Sozusagen als Prüfung, weil ich Jin-Ki vor seinem Tod nicht mehr getroffen und ihm nicht hatte helfen können. Manchmal überlegte ich, ob es nicht besser gewesen wäre, ich hätte die Operation nach meiner Rettung aus dem völlig zerstörten Auto nicht überlebt. Doch dann dachte ich wieder an all die Musik, die ich noch schreiben wollte und dass ich noch nicht gehen konnte. Meine Brüder wären dann genauso traurig, wie ich nach dem Verlust von Jin-Ki gewesen war. Ich konnte es ihnen nicht antun. Ich musste durchhalten und weitermachen.

Als das Management entschied, In-Ho und mich zur weiteren Behandlung durch Experten und zu einer Therapie nach Deutschland zu bringen, wollte ich anfangs dagegen protestieren. Was soll der Aufwand? Das Geld konnte für andere Dinge besser ausgegeben werden als für einen Krüppel, bei dem so gut wie keine Hoffnung auf Genesung bestand. Doch ich sah die Hoffnung in den Augen meiner Freunde und Familienmitglieder aufkeimen. Sie hatten nie aufgegeben, an eine Besserung zu glauben und so ergab ich mich auch hier klaglos und war bereit, nach Deutschland zu fliegen. Rückblickend war diese Entscheidung mein größtes Glück, denn hätte ich mich damals dagegen gewehrt, wäre ich niemals auf der anderen Seite der Welt meiner Hoffnung und Liebe begegnet.

Der Tag, an dem wir auf das Volksfest gehen wollten, war gleichzeitig der Tag, der meinem Leben eine glücklichere Wendung gab. In dem Moment, in dem ich ihr ansichtig wurde, blendete ich alle anderen Dinge um mich herum aus. Es gab nur noch sie und mich. Sara.

Eigentlich hatte ich keine Lust gehabt, mit den anderen zu diesem Rummel zu gehen. Ich wollte in meinem Zimmer liegen und meine Musik aus dem Kopf zu Papier bringen. Alea war aber so von ihrer Idee überzeugt gewesen, dass ich sie nicht enttäuschen wollte. Jetzt saß ich dick eingepackt in warmer Kleidung in meinem Rollstuhl und ließ mir von Taemin helfen. Er schob ihn aus dem Fahrstuhl und mein Blick schweifte auf der Suche nach den anderen durch das Foyer.

Dann sah ich sie. Sie stand zusammen mit ihrer Freundin Alea und neben ihr wartete ein blonder Mann zusammen mit den Frauen auf uns. Sara trug eine dicke Jacke, warme Stiefel und eine flauschige Mütze auf dem Kopf. Sie hatte ein hübsches, kleines Gesicht mit großen Augen, einer kleinen geraden Nase und einem bezaubernden Schmollmund. Ein paar vorwitzige blonde Strähnen hatten sich unter ihrer Mütze herausgeschlichen und kringelten sich niedlich über ihre Wangen.

Als sich unsere beiden Blicke das allererste Mal trafen, kam es mir so vor, als würde ich unsere gemeinsame Zukunft in ihren Augen sehen. Ich hörte Hochzeitsglocken in meinem Kopf und Engelchöre sangen leise himmlische Lieder. Ich kann immer noch nicht in Worte fassen, was mich damals vom ersten Moment an fasziniert hat. Sie war hübsch - keine Frage. Doch hatte ich in meinem Idol-Leben bereits viele tausend schönere Mädchen als sie gesehen. Vielleicht war es einfach die Tatsache, dass ich mich in dieser Zeit in meiner optisch schlimmsten Phase meines Lebens befand und sie dennoch nur Augen für mich zu haben schien. Ich sah keine Ablehnung in ihnen, kein Mitleid, keinen Widerwillen. Es war Neugierde und Begeisterung und selbst über die Distanz konnte ich erkennen, wie ihre Lippen ein Wort formten, das ganz eindeutig "Wow" war. Genau das gleiche Wort war mir selbst bei ihrem Anblick durch den Kopf geschossen. Sie war einfach nur "wow".

Ich weiß gar nicht mehr, wann wir die ersten wirklichen Worte miteinander gewechselt haben. Mein Englisch hat sich im Laufe der Jahre dank verschiedener Aufenthalte im englischsprachigen Raum und Trainer, die uns die Sprache beibrachten, stetig verbessert. Dennoch hatte ich das Gefühl, dass ich immer noch sehr unbeholfen in der fremden Sprache unterwegs war. Doch Sara schien es weder zu bemerken noch zu stören.

Plötzlich hatte ich die Energie, wieder gesund zu werden. Den Willen ihr zu zeigen, dass ich es schaffen würde. Die Ärzte hatten mir schon lange mitgeteilt, dass meine Lähmung nicht von Dauer sein musste, doch ich hatte meiner Meinung nach noch nicht genug gelitten. Seitdem ich Trainee war, hatte ich nie mehr als 65 kg gewogen. Ein Gewicht, das viel zu niedrig war bei einer Körpergröße von über 1,80 m. Doch nach meinem Unfall hatte ich kontinuierlich immer weiter an Gewicht verloren. Das kam zum einen, weil meine Muskelmasse sich abgebaut hatte, und zum andern, weil ich einfach nicht essen mochte. Doch um wieder gesund zu werden, musste ich zu Kräften kommen. So zwang ich mich anfangs und später verlangte mein Körper regelrecht die Nahrungsaufnahme. Mit jedem Kilo, das ich wieder zunahm, stieg auch meine Motivation, intensiv an der Rehabilitation zu arbeiten. In dem Moment, in dem Sara und ich uns zum ersten Mal sahen, war ich jedoch in einer körperlich schlechten Verfassung. Umso mehr war ich davon ergriffen, dass es ihr scheinbar nichts ausmachte. Später erzählte sie mir, dass sie weder den Rollstuhl noch meine abgemagerte Gestalt gesehen hätte, sondern meine Augen, von denen sie sofort fasziniert gewesen war.

Bereits einen Tag nach unserem Ausflug zu dem Volksfest kam Sara in unserer Suite vorbei, die ich zusammen mit In-Ho in ihrem Hotel bewohnte. Sie brachte kleine Leckereien für mich mit und wir begannen uns intensiv zu unterhalten. Währenddessen fütterte sie mich mit den Süßigkeiten und ich bemerkte, dass der Geschmack der Pralinen in ihrer Anwesenheit zu einem Festmahl wurde. Bei ihrem dritten Besuch küssten wir uns zum ersten Mal. Sara war nicht schüchtern und sie hatte mir ohne mädchenhafte Scheu mitgeteilt, dass sie sich in mich verliebt hatte. Bei ihren unverblümten Worten schlug mein Herz rasend schnell und ich war vor Glück sprachlos. Sara schien die Stille zu missverstehen und wollte gehen, doch ich hielt sie an ihrem Handgelenk zurück und zog sie zu mir auf mein Krankenbett. Alles an mir war nicht gelähmt und als Sara meine Absicht erkannte, ergriff sie die Initiative. Hiernach kam sie täglich mindestens zwei Mal immer dann zu mir, wenn ich allein war. Oftmals brachte sie etwas zu Essen für mich mit und wir unterhielten uns über ihre Pläne und ihre Wünsche für die Zukunft.

Nachdem In-Ho und ich das Haus in einem Vorort der Stadt bezogen hatten, besuchte mich Sara weiterhin täglich. Jedes Mal, als wir zusammen waren, hatte ich das Gefühl, ich würde ein kleines bisschen stärker und wieder kräftiger werden. Sara war das Heilmittel, das ich dringend gebraucht hatte. Nicht nur für meinen Körper, sondern ganz dringend für meine Seele.

Meine ersten Schritte nach dem Unfall feierten wir beide auf eine besondere Weise und es endete damit, dass sie mir versprach, den Rest unseres gemeinsamen Lebens mit mir zusammen zu bleiben. Ich wurde vom traurigsten Member von Star.X in diesem Moment zum glücklichsten. Egal, ob meine Brüder hier ein Veto einlegen würden und den Titel für sich selbst beanspruchten. Mit Sara zusammen fühlte ich mich unbesiegbar. Mein Leben mit ihr war das, was ich mir immer gewünscht und wonach ich mich gesehnt hatte: Ein Leben voller Musik und Liebe.

In-Ho
Lee In-Ho

In-Ho

Sie haben mich Welpen genannt. Irgendwie hat mir das immer geschmeichelt. Ich war auch der Welpe unter den Wölfen. Meine großen Brüder waren allesamt ein paar Jahre älter und erfahrener als ich. Zwischen Yeon, dem ältesten Star.X Member und mir lagen acht Jahre. Acht Jahre an Lebenserfahrung, an Reife und worum ich alle meine Brüder am meisten beneidete: an einer bereits überstandenen Pubertät. Als Jae mich castete, war ich 13 Jahre alt. Ein Baby, ein Welpe, ein Küken, der Maknae. Vielleicht war es ein Geschenk, vielleicht war es aber auch ein Fluch. Meine Eltern waren begeistert, als der junge CEO von Woon-Entertainment vorsprach.

Ich bin in einem kleinen Ort in der Provinz geboren und bin dort auch aufgewachsen. Für die Einheimischen hier waren die Leute aus Seoul wie Außerirdische. Zumindest in den Augen meiner Eltern. Sie waren erfolgreich, hatten es "im Leben geschafft". Nun stand ein gut gekleideter junger Mann Mitte Zwanzig vor ihnen und wollte ihren Sohn in die große Stadt mitnehmen. Ich hatte in ihren Augen solch ein Glück. Natürlich war ich ganz ihrer Meinung. Ein Welpe folgte stets demjenigen, der das andere Ende der Leine in der Hand hielt.

Es war mit Sicherheit keine schlechte Entscheidung gewesen. Dennoch fragte ich mich später das eine oder andere Mal, ob meine Eltern keine Zweifel hatten. Ich war noch so jung, wirklich noch ein Baby, und sie gaben mich einem Mann mit, den sie zum einen nicht kannten und der ihnen zum anderen nicht garantieren konnte, dass ich erfolgreich sein würde. Ein Kind, dass den Schoß der Familie verließ und in einer völlig unbekannten, fremden Umgebung leben würde. Meine Eltern waren überzeugt, das Richtige für ihren Sohn zu tun und damit war für uns alle das Thema vom Tisch. Später habe ich erfahren, dass Jae nach dem Kennenlernen von meinem jungen Alter so geschockt war, dass er mich gar nicht mehr casten wollte. Allerdings hatten es meine Eltern geschafft, ihn von mir zu überzeugen, woraufhin Jae die Vaterpflichten von ihnen für mich übernahm.

Glücklicherweise hat sich Jae als ein über alle Maßen vertrauenswürdiger, integer Mensch erwiesen. Sein Händchen für Talent, für das Business und seine Fürsorge gegenüber seinen Schützlingen als Freund und Vaterersatz war mehr, als man erwarten konnte. Ehrlich gesagt kannte ich auch niemanden, der in einer anderen Agentur unter Vertrag stand, der genauso von seinem Chef schwärmte, wie wir es taten. Jae gab alles für uns – und wir gaben es ihm doppelt zurück.

Er sorgte dafür, dass ich weiter zur Schule gehen konnte und meinen Abschluss machte. Gleichzeitig wurde ich volles Mitglied von Star.X und lebte den Traum der Träume eines jungen koreanischen Menschen mit Liebe zu Musik und Tanz. Ich wurde K-Pop Idol.

Natürlich war der Weg dorthin beschwerlich. Aber wie hieß es so schön? Ohne Fleiß kein Preis. Und ich war sehr fleißig. Noch vor meinen Hyeong stand ich auf und übte im Proberaum Tanzen vor dem großen Spiegel. Damals, in den Anfängen von Woon-Entertainment, hatten wir unsere Schlafräume noch im gleichen Gebäude wie die Company. Jae hatte ein etwas heruntergekommenes Gebäude gemietet und dort Proberäume einbauen lassen, bei denen es an nichts fehlte. Außerdem hatten wir alle einen eigenen Schlafraum und mussten uns auch als Trainees kein Zimmer miteinander teilen. Allerdings litt ich oft unter Heimweh und schlief das eine oder andere Mal bei meinen Brüdern mit im Zimmer. Insbesondere

Taemin kümmerte sich um mich wie ein leiblicher Bruder. Er wusste genau, wann es mir gut oder schlecht ging, und er hatte viel Verständnis für meine pubertären Launen. Taemin war der Bruder meines Herzens, Sunny und Yeon waren meine Wahlverwandtschaft und Ji-Mong – er war der stille Papa, der mich beinahe unsichtbar stets behütete und beschützte.

Ji-Mong war auch derjenige, der mir oftmals in den Proberäumen Gesellschaft leistete, wenn die anderen noch schliefen. Er kam still zu mir hinein, setzte sich auf den Boden und begann seine Noten auf Zettel zu kritzeln, während ich zu unseren Songs oder zu denen anderer Idol-Gruppen tanzte. Meine Brüder waren mittlerweile wichtiger für mich geworden als meine leibliche Familie, die ich eher selten besuchte oder sah.

Nach zwei Jahren als Trainee debütierten wir. Ich war gerade knapp 15 Jahre alt und damit ein minderjähriges Idol, das unter besonderem Schutz stand. Kein Wunder, dass alle mich als Welpen bezeichneten. Meine Brüder wurden zu wilden Bestien, wenn jemand ihren Kleinen angriff – was jedoch so gut wie nie vorkam. Das Debüt war aufregend und nach einer kurzen Phase als Rookies wurden wir sehr schnell zu einer der gefragten und etablierten Gruppen im Geschäft. Zum einen lag es vermutlich daran, weil wir alle vielleicht überdurchschnittlich talentiert waren, zum anderen natürlich, weil Jae ein wirklich genialer Geschäftsmann und Stratege war. Bereits nach kurzer Zeit führten wir die Charts in meinem Heimatland an und nur wenige Zeit später auch die Hitlisten in verschiedenen anderen Ländern. Mittlerweile bekam ich Unterricht von Privatlehrern und jettete mit meinen Member durch die Welt. Ein Leben wie ein Traum – das an einem Tag plötzlich zu einem Albtraum wurde.

***

Wir waren auf dem Rückweg einer privaten Feier von Yunai und Sunny und Ji-Mong und ich wurden von David, unserem Road Manager, zurück zu unserem Dorm gebracht, als plötzlich der Unfall passierte. Alles ging rasend schnell und ich weiß noch, dass ich kurz im Krankenhaus wach wurde und mich fragte, warum alle um mich herum bedrückte Gesichter machten. Ich war zuvor noch niemals richtig krank gewesen, geschweige denn im Krankenhaus. Von Natur aus war ich robust und hatte selten Bedarf einen Arzt zu konsultieren. So waren Krankenhäuser bis zu jenem Tag für mich auch etwas, das man zwar kannte, jedoch nie betreten hatte. Jetzt holte ich die Zeit komplett in einem Rutsch nach.

Bei dem Unfall hatte ich mir meine Beine verletzt und eine riesige, furchtbar hässliche Narbe verunstaltete mein Gesicht. Ich hatte dabei noch Glück gehabt. Ji-Mong war halbseitig gelähmt und David hatte es nicht geschafft. Das hatte man mir allerdings erst viele Tage später zugetragen und es hat mich kalt erwischt. Von einem Tag auf den anderen war ich kein Welpe mehr. Ich war verbittert, hatte Wut auf die Welt und schämte mich für meine Narbe im Gesicht. So sehr, dass ich stets schlechte Laune hatte und alle um mich herum schlecht behandelte. Es hat etwas in mir kaputt gemacht und ich konnte es nicht ändern. Mein unbekümmertes Leben als K-Pop Idol war vorbei. Vielleicht würde man mich nie wieder auf der Bühne, die ich so sehr liebte, sehen können. Aber wie bereits bei meinen Hyeong gab es auch für mich eine Frau, die mich alles vergessen machte: Alea.

***

Wir sind zur Therapie und Facharztbehandlung nach Deutschland geflogen worden. Begleitet wurden wir von Taemin und untergebracht waren wir in dem Hotel, in dem meine Alea arbeitete. Bis ich sie als "meine" Alea sah, verging jedoch einige Zeit. Zu diesem Zeitpunkt hatte ich bereits zwei OPs, unzählige Therapieeinheiten und nervtötende Gespräche mit Ärzten hinter mir. Unterstützung fand ich bei meiner Wahlfamilie Star.X und Lisanne und Jae. Meine eigene Familie war lediglich entsetzt gewesen, dass ihr

Hauptverdiener eventuell die Karriere beenden müsste. Meine Eltern besuchten mich zwei Mal im Krankenhaus. Das erste Mal, um sich zu versichern, dass ihr Sohn noch lebte und das zweite Mal, um zu prüfen, ob ich immer noch genug Geld hatte, um ihnen monatlich etwas davon überweisen zu können. Es hört sich herzlos an, wenn ich es so sage, aber meine Eltern haben ihren Sohn mit 13 Jahren abgegeben zur Arbeit. Das war in alten Zeiten ein normaler Weg, wie die Jungen die Alten unterstützen konnten. Ich nahm es ihnen nicht übel, denn ich hatte schon lange aufgehört, sie als die Personen zu sehen, die sie eigentlich sein sollten: Menschen, die ein Kind wissentlich zur Welt gebracht haben und die für sein Wohlergehen bis zum Erwachsenenleben sorgen sollten. Bei mir war es eben anders und wie ich später feststellte, hatte ich in dieser Hinsicht eine starke ähnliche Verbindung zu Alea.

Nach dem Unfall verbarg ich mein entstelltes Gesicht stets vor den Blicken Fremder. Alea war die erste außenstehende Person, die mich ohne Maske erwischte. Das nahm ich ihr von Herzen übel. Mein gutes Aussehen war mir stets wichtig gewesen und ich war der Meinung, dass man mit einer Narbe, wie ich sie jetzt hatte, kein Idol mehr sein kann. Als ob Schönheit das Wichtigste im Leben wäre. Wie oberflächlich ich war. Doch eigentlich war es nur ein Vorwand, meine Unsicherheit zu verbergen. Würden mich die Fans immer noch lieben, wenn ich nicht mehr der hübsche Welpe war? Absichtlich benahm ich mich so schlecht es ging und beobachtete mein Umfeld genau. Würden sie sich von mir abwenden oder weiter zu mir halten? Beinahe hatte ich vergessen, dass meine Member keine flüchtigen Bekannten waren, sondern meine Brüder im Herzen und dass alle anderen Menschen außer ihnen mir egal sein konnten.

Obwohl ich Alea es büßen ließ, dass sie mein entstelltes Gesicht gesehen hatte, ließ sie sich nicht beirren. Sie war die erste Person, die mich offen und ehrlich für mein Verhalten scholl. Meine Freunde und Familie schlichen auf Zehenspitzen um mich herum und ertrugen mein unmögliches Verhalten nach dem Unfall, aber Alea erklärte mir ohne Umschweife, dass ich glücklich sein sollte, überhaupt überlebt zu haben.

Verdammt, das war ich auch! Aber ich hatte so viele Selbstzweifel. Die kleine blonde Person, die dazu noch eine StarLover war, schaffte es nach und nach, mich aus meinem Selbstmitleid zu befreien. Sie zog mich förmlich an meinen Haaren aus meinem selbst gewählten Sumpf heraus. Stück für Stück verliebte ich mich in meine Retterin, auch wenn ich lange nicht bereit war, es vor mir selbst oder gar ihr zuzugeben.

Aber dann kam für mich der Tag, an dem ich eine folgenschwere Fehlentscheidung traf. Ich verletzte den Menschen zutiefst, den ich liebte. Wissentlich und aus purem Egoismus. Aus dem süßen Welpen war ein schreckliches Monster geworden und ich hasste mich selbst dafür. Ich stieß Alea von mir, weil ich meine Karriere über unsere Liebe stellte. Eine Entscheidung, die ich wenig später unendlich bereute. Aber es war zu spät. Oder? (*I still believe*).

Meine Karriere nahm nach meiner Rückkehr nach Südkorea sofort wieder Fahrt auf und ich war trotz meines neuen Aussehens bei den Fans beliebt, wie ehedem. Doch ich vermisste Alea unendlich und jeden Tag noch mehr als am Vortag. Ich konnte so nicht weiterleben. Heimlich verbrachte ich jede freie Zeit in Deutschland und stalkte meine Ex-Freundin wie ein Besessener. Allerdings war ich das auch. Besessen von der Hoffnung, dass sie mich zurücknehmen würde. Alea ist der großzügigste und freundlichste Mensch, den ich die Ehre hatte, in meinem Leben kennenzulernen. Sie verzieh mir. Bis zum heutigen Tag bemühe ich mich, sie meine Entscheidung, mich für die Karriere von ihr zu trennen, vergessen zu lassen. Wenn ich heute vor genau der gleichen Wahl stehen würde, würde ich mich anders entscheiden: Liebe ist das Wichtigste im Leben. Ohne Liebe kann ich nicht leben. Ohne Alea kann ich nicht sein. Alea und die Liebe sind der Inhalt meines Lebens. Und, okay, ich gebe es zu: Star.X.

Textauszug "Sun and Moon"
(OST Immortality Love)

겨울은 지나갔고 시간은 지나갔다.

여름이 느껴져요.

하지만 나는 달빛에 혼자 있다.

나는 검은 바탕에 하얀 원이 보인다.

얼굴이 안 보여

하지만 나는 그것이 거기에 있다는 것을 안다.

날 어떻게 생각해?

여기 혼자 서 있는 게 불쌍해요?

나랑 바꿀래?

여기 서서 혼자 있고 싶다면

아니면 하늘에 남아서 우리를 내려다보는 게 낫겠어요?

네 애인이 태양이니?

언제 만날 수 있어요?

Der Mond geht über den Bergen auf sein Licht ist blass und traurig

Der Winter ist vorbei, die Zeit ist vorbei.

Ich fühle den Sommer.

Aber ich bin allein im Mondschein. Ich sehe einen weißen Kreis auf schwarzem Grund.

Ein Gesicht ist nicht zu erkennen.

Aber ich weiß, dass es da ist.

Was denkst du über mich?

Tut es dir leid, hier allein zu sein?

Willst du tauschen?

Wenn du hier stehen und allein sein willst,

Oder möchtest du lieber im Himmel bleiben und uns überblicken?

Ist deine Geliebte die Sonne?

Wann können wir uns treffen?

Star.X

INTERVIEW, SEOUL

Steve: Die Band Star.X ist eine der erfolgreichsten K-Pop Gruppen der Welt. Wir, von Star-Radio, haben heute die Ehre, Yeon, Sunny, Taemin, Ji-Mong und In-Ho zum Interview hier in meinem Studio begrüßen zu dürfen. Die Jungs haben ein neues Album veröffentlicht, das sofort weltweit an die Spitze der Charts geschossen ist. Obwohl die fünf derzeit sehr beschäftigt sind, freue ich mich riesig, sie heute hier begrüßen zu dürfen.

Ich bin euer Host Steve.

Steve: Hallo erst einmal. Ihr fünf seid unglaublich erfolgreich mit eurem neuen Album "Sun and Moon". Herzlichen Glückwunsch.

(Alle fünf bedanken sich für die Glückwünsche)

Steve: Ich möchte euch vorab gerne meinen Hörern vorstellen. Es gibt vermutlich nur wenige, die euch noch nicht kennen, und nach unserem Interview werden sie mit Sicherheit auch zu StarLover, euren Fans.

(Alle im Raum lachen leise und geschmeichelt).

Sunny, du bist der Leader von Star.X. Du machst bereits seit vielen Jahren diesen Job. Hast du es jemals bereut, ihr Chef zu sein?

(zeigt auf die anderen Member)

Sunny (lacht): Hallo Steve. Nein, bereut habe ich es nie. Eigentlich leben wir sehr demokratisch und Entscheidungen treffen wir gemeinsam. Wir kennen uns alle bereits seit so vielen Jahren, dass wir genau wissen, wie wir ticken. Die vier sind meine Familie.

Yeon: Sunny hat noch nie eine Entscheidung getroffen, hinter der wir nicht stehen. Manchmal muss er sie uns mit ein wenig Nachdruck schmackhaft machen, aber eigentlich kommt das sehr selten vor.

Sunny (nickt): Ja. Die Jungs sagen mir, wenn etwas nicht okay ist.

Steve: Okay. In-Ho, du hattest einen Hiatus, eine Auszeit, nach deinem Unfall und du bist für eine ganze Zeit nicht aufgetreten. Wie hart war es für dich, wieder deine vorherige Fitness zu bekommen? Du hattest dich recht schwer verletzt und musstest sogar operiert werden.

In-Ho: Natürlich war es schwierig. Ich musste wirklich hart trainieren, um meine Muskulatur wieder aufzubauen und um auf den Fitness Stand vor meinen Unfall zu kommen. Aber wie du weißt, mache ich das seit ich 13 Jahre alt bin und mein Körper hat die Fähigkeit, sich schnell an alles Gelernte zu erinnern. Erstaunlicherweise war ich bereits nach kurzer Zeit wieder fit.

Steve: Und du, Ji-Mong? Bereust du deine Entscheidung, nicht mehr aktiv auf der Bühne zu sein? Du hast uns mit "Sun and Moon" allerdings ein wundervolles Album geschenkt. Hättest du das auch komponieren können, wenn du noch aktiv bei Star.X wärst?

Ji-Mong: Tatsächlich konnte "Sun and Moon" wirklich nur so gut werden, weil ich meine ganze Energie dort hineinstecken konnte, ohne ständig zu trainieren

(Die anderen Member foppen ihn mit Kommentaren).

Und nein, ich bereue nicht meine Entscheidung zurückgetreten zu sein. Mein Leben ist jetzt zwar weniger aufregend, aber es ist nun genauso, wie ich es mir erträumt habe. Außerdem bin ich immer noch Teil von Star.X und hin und wieder bin ich bei Konzerten auch noch auf der Bühne.

Steve: Taemin, du warst bis zu deiner Hochzeit der Schwarm der zumeist weiblichen Fans von Star.X. Hat sich jetzt etwas daran geändert?

Taemin (räuspert sich und grinst In-Ho an): Ich habe den Titel beliebtestes Bandmitglied ohne Reue an In-Ho abgegeben. Tatsächlich hatte ich nach dem Bekanntwerden meiner Hochzeit erstaunlich wenig Hate bekommen. Das Management und wir hatten mit viel mehr bösen Kommentaren gerechnet, aber zum Glück hat es unserer Band nicht geschadet. Die meisten Fans haben verstanden, dass wir Menschen und keine Tanz-und Sing Puppen ohne Willen und Gefühle sind.

Steve: Ja, das ist wirklich für manche ein Problem. Eure koreanischen Fans sind da auch etwas extremer als die internationalen, habe ich mir sagen lassen. In Korea gibt es dafür sogar einen Begriff?

Yeon: Ja. Man nennt diese obsessiven Fans Sassaeng.

Steve: Ist euch da schon mal etwas Schlimmes passiert?

Yeon: Als K-Pop Idol kennt man diese Fans sehr gut. Bei uns gab es eine Frau, die Ji-Mong permanent aufgelauert hat und ihn sogar bis zu unserem Dorm verfolgte. Die Polizei hat sie letztlich festgenommen. Eine völlig verwirrte Frau, die ihr ganzes Geld und sämtliche Energie in diese verquere Art der Fanliebe gesteckt hat.

Steve: Ich verstehe. Das ist ein wirkliches Problem, dem Celebrity ausgesetzt sind. Stalker sind nicht zu unterschätzen und gehören bestraft.

In-Ho: Zum Glück hat die Gesetzgebung darauf mittlerweile reagiert und schärfere Gesetze erlassen. Das ist auch wichtig, denn wir schützen so auch unsere Familien, die von diesen Sassaeng ebenfalls belästigt werden, obwohl sie Privatmenschen sind.

Steve: Wir machen jetzt eine kleine Pause und ich spiele einen Track von eurem neuen Album. "Predator" hat mir sehr gut gefallen und irgendwie passt der Titel auch zu dem, was ihr gerade berichtet habt.

+++Music break+++

Steve: Okay, hier sind wir wieder. Dann lasst uns mal über euer neues Album sprechen, von dem wir soeben den Titel "Predator" gehört haben.

"Sun and Moon" ist bis heute wohl das erwachsenste Album, das ihr gemacht habt. Ich liebe die Mischung der Songauswahl und kann gar nicht genug davon bekommen. Welches ist dein Lieblingstrack aus eurem Album, Taemin?

Taemin: Eigentlich liebe ich alle. Wie du weißt, habe ich für das Drama "Immortality Love" zwei Songs geschrieben. "The King's Man" und "Sun and Moon". Ich liebe beide Songs, aber so richtig gut finde ich den rockigen Song "R.O.C.K.S.T.A.R." und natürlich das Liebeslied "Fairy Tale Love Song", zu dessen Text hat mich übrigens meine Frau Emmy inspiriert.

Sunny: Taemin konnte sich noch nie entscheiden. Aber mir geht es ähnlich. Ich finde auch, dass Ji-Mong ein Album voller Hits geschrieben hat. "Energy" ist auch super. Und "Superman". Aber am meisten liebe auch ich "Fairy Tale"

Yeon: "Superman" ist auch mein Lieblingssong. Es gibt immer diese eine Person, die sich nach vorne drängt und der Meinung ist, ohne ihn läuft nichts. Nervig und gleichzeitig wirklich praktisch, wenn man die schwere Arbeit nicht selbst machen möchte.

(Alle fünf lachen, als hätten sie ein gemeinsames Geheimnis.)

In-Ho: Meine Lieblingssongs sind unser komplett Englisch sprachiger Titel „Please look back" und „I still believe". Aber ich verbinde damit auch wirklich sehr persönliche Gefühle.

Steve (beugt sich interessiert vor): Gibt es da etwas, was du uns sagen möchtest?

In-Ho (hebt abwehrend die Hände und schüttelt den Kopf): Nein, so meine ich das nicht. Wir haben alle irgendwelche Gedanken im Kopf, wenn wir unsere Songs singen. Nichts bestimmtes.

Steve (gibt nicht auf): Musst du da vielleicht an eine Freundin denken?

Ihr Manager mischt sich ein. "Bitte keine persönlichen Fragen."

Steve (nickt): Yeon, du bist der Älteste der Band. Würdest du dich manchmal als Papa bezeichnen und wenn ja, wer wäre dann die Mama?

Yeon (grübelt): Ich denke eher, dass Sunny der Papa ist und ich die Mama. Wir teilen uns als gute Eltern die Aufgaben.

Sunny: Eigentlich habe ich vier Kinder.

In-Ho: Hey, ich dachte, ich bin ein Einzelkind?

Taemin: Du bist mein Bruder. Wie kannst du dann ein Einzelkind sein?

Steve: Bevor das weitere Ausmaße nimmt. Taemin, du bist als einziger in der Gruppe verheiratet. Verrate uns doch mal, ob es schwer ist, die Junggesellen zu ertragen. Oder sind sie vielleicht gar nicht so allein?

Taemin: Allein ist niemand von uns.

(Steve reißt die Augen auf)

Sunny: Stimmt. Wir haben uns. Taemin hat natürlich eine eigene Wohnung und lebt dort mit seiner Familie. Aber wir vier wohnen immer noch zusammen im Dorm.

Steve (lehnt sich ein wenig enttäuscht zurück): Ich dachte, jeder von euch hat auch eigene Wohnungen?

Ji-Mong: Ich habe mir tatsächlich ein Haus auf dem Land gekauft. Dort habe ich mehr Ruhe zum Komponieren. Aber wenn ich in Seoul bin, dann wohne ich immer in unserem gemeinsamen Apartment.

Sunny: Das mache ich genauso. Es ist einfach vertraut, mit meinen Brüdern zusammen zu sein. Selbst Taemin schläft ein paar Nächte im Monat im

Dorm. Immer dann, wenn wir etwas Neues proben oder viel zu besprechen haben.

In-Ho: Wir halten es gar nicht aus, uns über einen längeren Zeitraum nicht zu sehen.

(Die anderen vier nicken bestätigend)

Steve: Okay, also wollt ihr keine Bestätigung zu den Gerüchten geben, dass ihr alle fünf eigentlich nicht mehr Single seid?

Yeon: Ich weiß nicht, woher du die Informationen hast, Steve, aber wir leben alle als Buddy-Gruppe und sind somit natürlich nicht Single.

Steve: Ich meine aber die herkömmliche Bezeichnung für Single. Keine Frau, keine Freundin?

Yeon: Ich schwöre bei allem, was mir heilig ist, dass ich keine Frau oder Freundin habe.

(Yeon wirft Steve einen unschuldigen, ehrlichen und überzeugten Blick zu).

Steve: Okay, ich gebe es auf. Was sind denn eure nächsten Pläne? Gibt es nach "Sun and Moon" wieder eine Tournee?

Sunny: Vorerst haben wir uns nur darüber unterhalten, aber noch keine konkreten Pläne.

Steve: Also können wir hoffen, dass Star.X bald wieder live zu sehen sein wird?

Sunny: Wie gesagt, es gibt noch keine genauen Pläne für eine Tour. Momentan treten wir vorwiegend in TV-Shows auf und was im Sommer/ Herbst kommt, das werden wir sehen.

Steve: Also, ich höre da doch heraus, dass ihr vielleicht doch noch in diesem Jahr vor größerem Publikum spielen werdet?

Taemin: Wir können dazu nichts sagen.

(Steve klopft in die Hände und wirkt aufgeregt.)

Steve: Das habt ihr vor eurer letzten Tournee auch so gesagt. Ich denke, die StarLover können sich Hoffnung machen.

Leider ist unsere Sendezeit fast um. Wärt ihr bereit, für unser Publikum noch einmal etwas zu singen? Meine Zuhörer bombardieren unsere Telefone mit dem Wunsch "No Boundaries" von euch zu hören.

(Sunny sieht seine Member an. Alle nicken).

Sunny: Okay, dann singen wir jetzt "No Boundaries" für alle alten und neuen StarLover.

Seoul, 2025

Die CD zum Buch "Sun and Moon" von Star.X

Die CD zum Buch ist erhältlich über Instagram @star.x_books

Oder auf eBay starx._books (solange der Vorrat reicht)

Mehr von

Star.X

findest du

Homepage @star-x-1.jimdosite.com

Instagram   @star.x_books

Facebook @Feel my Seoul

YouTube   @Star.X_books

TikTok   @star.x_books

Und die Musik von Star.X kannst du kostenlos hören auf

SoundCloud   Star.X

E-Mail   Star.X_books (britta444wolters@gmail.com)

DANKSAGUNG

Was wäre ich ohne euch, liebe StarLover. Ihr habt mich ermutigt, einige haben mich sogar angefleht und viele ihre Bitte geäußert, die Star.X Reihe nicht enden zu lassen.

Wie ich in dem letzten Roman "Star.X Touch my Seoul" bereits erwähnt habe, sind die Geschichten um die Jungs auserzählt. Allerdings habe ich bei dem Schreiben der Kurzgeschichten festgestellt, dass sie mir genauso wie euch fehlen. Zu gerne habe ich die Jungs selbst zu Wort kommen lassen. Interessant waren ihre Gedanken, doch wie ihr vermutlich auch festgestellt habt, gab es eben nicht viel Neues zu berichten. Es ist also wirklich an der Zeit, Yeon, Sunny, Taemin, Ji-Mong und In-Ho loszulassen. Zum Glück gibt es die Möglichkeit, die Bücher noch einmal zu lesen und wenn du willst, sogar noch einmal und noch einmal. Sie werden immer in meinem Herzen sein – und in eurem hoffentlich auch. Allerdings verspreche ich euch, dass ich mir weiterhin großartige Geschichten für euch ausdenken werde. Ein nächstes Projekt ist beinahe fertig und ich verrate nicht zu viel, wenn ich euch sage, dass es wieder in Korea spielt und auch das Wort Star.X in diesem Buch vorkommt. Ihr dürft gespannt sein!

Wie ihr bemerkt habt, habe ich die CD "Sun and Moon" in die Geschichte eingeflochten. Ja, ein geschickter Schachzug, aber auch ja, weil ich sie einfach so sehr liebe und ich euch die Musik der Jungs neben den Büchern auch ans Herz legen möchte.

Jetzt aber zur Danksagung:

Danke! An alle StarLover. Danke. Danke. Danke.

Eure Britta (und Yeon, Sunny, Taemin, Ji-Mong und In-Ho)

No Boundaries

\-

No Limits

Alles Liebe von

Yeon
Sunny
Taemin
Ji-Mong
In-Ho

für unsere StarLover